トゥールーズにある運河《うんが》

ミディ運河《うんが》

ミリガン夫人《ふじん》とアーサーの乗《の》った白鳥号《はくちょうごう》に、レミが出会《であ》ったところ。現在《げんざい》、ミディ運河《うんが》は、世界遺産《せかいいさん》に登録《とうろく》されているよ。

船《ふね》でわたった海《うみ》

ドーバー海峡《かいきょう》(英仏海峡《えいふつかいきょう》)

フランスからイギリスに向《む》かうときに、レミが、マチアと船《ふね》でわたったところ。

イギリス・ロンドンへ

ビッグベン

レミがおとずれたころから、ロンドンにあった時計塔《とけいとう》。正式《せいしき》な名前《なまえ》は「エリザベスタワー」といって、イギリス女王《じょおう》の名前《なまえ》がついているよ。ロンドンのシンボルとなっているんだ。

レマン湖《こ》

レミが最後《さいご》にたどりつくことになる大《おお》きな湖《みずうみ》。そこで待《ま》ちうけていたこととは!?

最後《さいご》の旅先《たびさき》・スイス

ぼくがそれぞれの場所《ばしょ》で出会《であ》ったのは、だれか?
お話《はなし》を読《よ》みながら、
たしかめてね!

家《いえ》なき子《こ》

もくじ

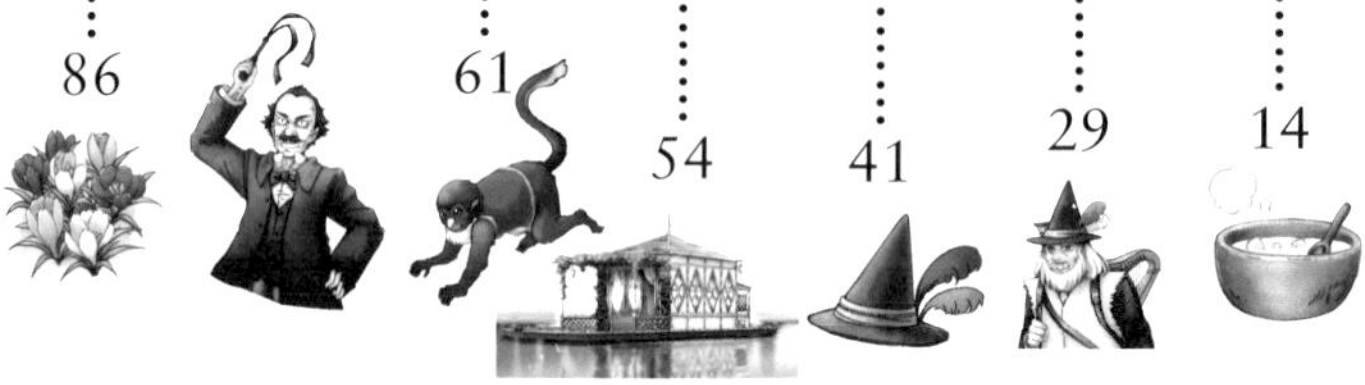

第《だい》二部《ぶ》

第一部

1 シャバノンの村《むら》

レミは八歳《さい》の男《おとこ》の子《こ》。フランスのシャバノンという村《むら》で、母《かあ》さんと二人《ふたり》でくらしています。

シャバノンは、あれ地《ち》ばかりのまずしい村《むら》です。作物《さくもつ》はほとんど実《みの》らず、村人《むらびと》たちは牛《うし》や馬《うま》を飼《か》ったり、村《むら》の外《そと》にはたらきに出《で》たりしながら、食《た》べていくのがせいいっぱいでした。

レミの父《とう》さんのバルブランも、長《なが》いことパリに*出《で》かせぎに行《い》って帰《かえ》っていません。赤《あか》ちゃんのときにわかれたレミは、父《とう》さんの顔《かお》も知《し》らないのです。けれども、レミは、さびしくありませんでした。

やさしい母《かあ》さんがそばにいてくれたし、め牛《うし》のルーセットもいたからです。レミは、いつもルーセットを原《はら》っぱにつれていき、草《くさ》を食《た》べさせました。でも、ほんのちょっと雨《あめ》がふってきただけでも、母《かあ》さんは心配《しんぱい》して走《はし》ってきます。そして、毛織《けおり》のスカートの中《なか》にレミを入《い》れて、家《いえ》までつれてかえってくれるのです。

＊出《で》かせぎ…ある期間《きかん》、家《いえ》を出《で》て、よその土地《とち》や国《くに》にはたらきに行《い》くこと。

母《かあ》さんは、小《ちい》さな庭《にわ》いっぱいに野菜《やさい》を植《う》えていました。ここでとれるものは、家《いえ》の大事《だいじ》な食料《しょくりょう》です。わずかな地面《じめん》のすみずみまで、むだにすることはできません。それでも、母《かあ》さんは、はじっこの小《ちい》さな場所《ばしょ》を、レミに、自由《じゆう》に使《つか》わせてくれました。レミは、そこを「ぼくの庭《にわ》」とよんで、*1キクイモという、母《かあ》さんも知《し》らない種類《しゅるい》のイモを植《う》えました。

（このイモができたら、母《かあ》さんは、さぞかしびっくりするだろうな。そして、どんなにかよろこぶことだろう。）

そう思《おも》うだけで、レミは自然《しぜん》と笑顔《えがお》になりました。レミは、ほんとうに毎日《まいにち》が幸《しあわ》せで、家《いえ》のくらしが苦《くる》しいと思《おも》ったこともありませんでした。

「母《かあ》さん、今年《ことし》も『ごちそうの火曜日《かようび》』はくるかな。」

「ごちそうの火曜日《かようび》」というのは、*2謝肉祭《しゃにくさい》というお祭《まつ》りの最終日《さいしゅうび》です。フランスではこの日《ひ》にクレープを作《つく》って食《た》べることになっています。レミは、毎年《まいとし》二月《がつ》にめぐってくる、このごちそうの日《ひ》が楽《たの》しみでたまりません。

「くるに決《き》まっていますよ。うちにはルーセットがいますからね。」

母《かあ》さんは、そういってレミをだきしめました。め牛《うし》のルーセットはよく乳《ちち》を出《だ》し、そのおかげで、食卓《しょくたく》にはいつもおいしい牛乳《ぎゅうにゅう》やバターがありました。

ところが、ある日《ひ》のことです。とつぜん、見知《みし》らぬ人《ひと》が家《いえ》にやってきました。どろだらけで、つかれた顔《かお》の旅人《たびびと》です。

*1キクイモ…キク科《か》の植物《しょくぶつ》で、黄色《きいろ》い花《はな》がさく。根《ね》の部分《ぶぶん》が、ショウガににた形《かたち》で食《た》べられる。

*2謝肉祭《しゃにくさい》…キリスト教《きょう》カトリックの教《おし》えにより、肉《にく》を食《た》べてはいけない期間《きかん》の前《まえ》に行《おこな》われる。カーニバル。

「ことづけをたのまれたんだがね、バルブランが、パリで大《おお》けがをしたから、め牛《うし》を売《う》って金《かね》を送《おく》ってくれということだ。」

母《かあ》さんの顔色《かおいろ》が、さっとかわりました。父《とう》さんのけがが心配《しんぱい》なのです。けれども、レミは、べつのことで頭《あたま》の中《なか》が真《ま》っ白《しろ》になってしまいました。

ルーセットを売《う》るなんて！　ルーセットは物心《ものごころ》ついたときからずっといっしょにいるレミの友《とも》だちです。

「いやだ！　ルーセットとわかれるなんて、ぜったいにいやだ！」

「レミ、母《かあ》さんもつらいのよ。でも、父《とう》さんの手術《しゅじゅつ》のためにお金《かね》がいるの。」

ルーセットがつれていかれた朝《あさ》、レミは、なみだがかれるほどな

きました。ルーセットがいなくなった家《いえ》は、まるで火《ひ》が消《き》えたようです。それだけでなく、め牛《うし》がいなくては、もう牛乳《ぎゅうにゅう》もバターも手《て》に入《はい》りません。今年《ことし》は「ごちそうの火曜日《かようび》」はやってこないでしょう。

ところが、「ごちそうの火曜日《かようび》」の日《ひ》、母《かあ》さんは、バターやらたまごやらをかかえて帰《かえ》ってきました。

「母《かあ》さん！　それ、いったいどうしたの？」

「レミに食《た》べさせたくて、近所《きんじょ》の人《ひと》たちから、なんとか分《わ》けてもらってきたの。さあ、今年《ことし》もクレープを作《つく》りますよ！」

母《かあ》さんは、あつあつのフライパンにバターをジュッと落《お》としました。

「わあ！　おいしそうなにおい！　早《はや》く食《た》べたいなあ。夕《ゆう》ごはんの時間《じかん》が待《ま》ちきれないよ！」

そのときです。いきなり家《いえ》のとびらが開《あ》いて、つえをついた男《おとこ》が入《はい》ってきたのは。ふりむいた二人《ふたり》は、思《おも》わず声《こえ》を上《あ》げました。レミはおどろきとおそれで、母《かあ》さんはうれしさのあまり。

「まあ、あんた！　帰《かえ》ってきたのね！」

ということは、この人《ひと》は、レミの父《とう》さんのバルブランです。そのことに気《き》づいたレミは、だきつこうとかけよっていきました。

ところが、バルブランはレミの手《て》をはらいのけ、いったのです。

「だれだ、こいつは。おまえ、あの、拾《ひろ》ってきた子《こ》をまだ育《そだ》てているのか。それより、さっさとスープを作《つく》れ。まさか、おれにクレープなんかを食《く》わせる気《き》じゃないだろうな。」

母《かあ》さんは、だまってスープを作《つく》りはじめました。この日《ひ》のバルブラン家《け》の夕《ゆう》ごはんに、ごちそうのクレープはありませんでした。

レミは、ベッドに入《はい》ってもなかなかねむれませんでした。しかも、レミのベッドは食堂《しょくどう》のかたすみにあります。いやでも、母《かあ》さんとバルブランの声《こえ》が聞《き》こえてきます。

「あいつは、なんだってまだここにいるんだ。赤《あか》んぼうを拾《ひろ》ってきたのはたしかにおれだが、それはただ上等《じょうとう》な産着《うぶぎ》*にくるまれていたからだ。どこかの金持《かねも》ちがさがしに来《き》て、礼金《れいきん》をくれるかと思《おも》ってな。ところがけっきょくだれも来《き》やしない。ただのすて子《ご》だっ

*産着《うぶぎ》…生《う》まれたばかりの赤《あか》ちゃんに、はじめて着《き》せる服《ふく》。

たんだ。すっかり当《あ》てがはずれちまったから、*孤児院《こじいん》に入《い》れろといったのに、おまえは八年《ねん》も、むだめしを食《く》わせていたというのか。」

「やめて。レミはあたしの子《こ》よ。」

「うちの子《こ》は死《し》んだんだ。おまえはあいつをむすこの代《か》わりとして、乳《ちち》をやっただけじゃないか。ともかく、今《いま》からでも孤児院《こじいん》に入れろ。家《いえ》においても、あんなやせっぽちでは何《なん》の役《やく》にも立《た》たん。」

レミは、声《こえ》をおしころしてなきました。

（母《かあ》さんは、ほんとうの母《かあ》さんじゃなかった。そのうえ、孤児院《こじいん》に入《い》れられる！　孤児院《こじいん》の子《こ》は、みな首《くび》から番号札《ばんごうふだ》をかけ、村《むら》の子《こ》にいじめられても、だれからもかばってもらえない。あんなふうになるのは死《し》んでもいやだ。）

そう思《おも》いながら、レミはいつの間《ま》にか、なきつかれてねむってしまいました。

次《つぎ》の朝《あさ》、目《め》がさめたときも、レミは、胸《むね》のあたりに重《おも》いものがつかえている気《き》がしていました。そして、悪《わる》いゆめでも見《み》たかな、と思《おも》って起《お》きあがったときに、真《ま》っ先《さき》に見《み》えたのは、つえをおいてすわっているバルブランのすがたでした。それを見《み》たしゅん間《かん》、きのうの出来事《できごと》がほんとうだった、とわかり、レミは、またなきたい気《き》

＊孤児院《こじいん》…親《おや》とくらせず、たよる人《ひと》がいない子《こ》どもを、育《そだ》てる施設《しせつ》。

持《も》ちになりました。

母《かあ》さんのすがたはなく、バルブランはテーブルにひじをついて、大《おお》きな体《からだ》の見知《みし》らぬ老人《ろうじん》と話《はな》していました。老人《ろうじん》は、一ぴきのサルと、三びきの犬《いぬ》をつれています。レミがベッドから出《で》ていくと、バルブランがじろりとこちらを見《み》ていいました。

「この人《ひと》はヴィタリスさんといってな、動物《どうぶつ》を使《つか》って*大道芸《だいどうげい》をしている人《ひと》だ。今日《きょう》から、おまえはこの人《ひと》の一座《いちざ》にくわえてもらう。そして、世界《せかい》を旅《たび》して歩《ある》くんだ。」

レミは、あまりのことに口《くち》もきけませんでした。孤児院《こじいん》に入《い》れられるのもいやだけれど、シャバノンの村《むら》を出《で》ていくなんて！　母《かあ》さんに会《あ》えなくなってしまうなんて！

ヴィタリス老人《ろうじん》は、ちらりとレミを見《み》ると、バルブランに金《かね》をわたしました。

「では、この子《こ》はもらっていきますぞ。」

レミは、目《め》の前《まえ》で起《お》こっていることが、とてもほんとうのこととは思《おも》えません。ところが、バルブランはつめたくいいました。

「ああ、さっさと行《い》ってくれ。うちのやつが帰《かえ》って来《こ》ないうちに。」

レミは、あとずさりをして、なきだしました。

「いやだ！　つれていかないで！　母《かあ》さん！　母《かあ》さん！」

ヴィタリスは、気《き》のどくそうな顔《かお》をしましたが、レミのうでをつかんで家《いえ》から引《ひ》っぱりだしました。とても老人《ろうじん》と思《おも》えない強《つよ》い力《ちから》です。レミは、ただただ、引《ひ》きずられていくしかありませんでした。

＊大道芸《だいどうげい》…道路《どうろ》や広場《ひろば》、人《ひと》のにぎわっているところで、見《み》せる芸《げい》。

ヴィタリスは、だれもいない山道《やまみち》をどんどん登《のぼ》っていきました。あとから動物《どうぶつ》たちがついてきます。レミは、つれていかれながらも、何度《なんど》も何度《なんど》も後《うし》ろをふりかえりました。家《いえ》が、みるみる遠《とお》ざかっていきます。

ここから先《さき》はシャバノンの村《むら》が見《み》えなくなる、という最後《さいご》の場所《ばしょ》で、レミがもう一度《いちど》ふりかえったとき、家《いえ》の外《そと》で何《なに》か白《しろ》いものが動《うご》くのが見《み》えました。母《かあ》さんの白《しろ》いずきんです！　レミは、声《こえ》をからしてさけびました。

「母《かあ》さ――――ん!!　母《かあ》さ――――ん!!!」

でも、その声《こえ》が山《やま》のふもとまでとどくわけがありません。レミには、母《かあ》さんがレミをさがして、

何度《なんど》も家《いえ》を出入《ではい》りしたり、家《いえ》のまわりをぐるぐる走《はし》ったりしているのが見《み》えました。でも、母《かあ》さんからは、こちらのすがたは見《み》えません。
「母《かあ》さん、母《かあ》さん！　おねがい、ぼくを帰《かえ》らせて!!」
レミはないて、ないてたのみましたが、ヴィタリス老人《ろうじん》は、だまって首《くび》を横《よこ》にふりました。
「かわいそうに。でも、あそこへ帰《かえ》っても同《おな》じことだ。いや、もっとひどいことになるぞ。あのバルブランという男《おとこ》は、おまえのことを人買《ひとか》いに売《う》るつもりだ。そうしたらおまえはどこへ行《い》かされるかわからないし、二度《にど》と帰《かえ》ってくることはできない。それに、朝《あさ》からばんまで死《し》ぬほどはたらかされることになる。だが、わしはおまえをなぐったりけったりしないし、勉強《べんきょう》や音楽《おんがく》も教《おし》えてやれる。ただし、あまやかしはしないぞ。わしのいうことを聞《き》いて、ちゃんと芸《げい》をおぼえるんだ。かせぎがないときは、食《た》べる物《もの》もないからな。」

その日《ひ》のうちにレミたちは山《やま》をこえました。母《かあ》さんは、とつぜんレミがいなくなって、どれほど悲《かな》しんでいることでしょう。そして、レミはこれから、いったいどうなってしまうのでしょう。

2 ヴィタリス一座《いちざ》

ヴィタリスの仲間《なかま》は、サルのジョリクールと、犬《いぬ》のカピ、ドルチェ、ゼルビノという動物《どうぶつ》たちでした。動物《どうぶつ》たちは、みな頭《あたま》がよく、*芸達者《げいたっしゃ》です。犬《いぬ》たちはなわとびができました。カピとゼルビノがなわをくわえてまわすと、ドルチェがその中《なか》にとびこんで上手《じょうず》にとぶのです。また、ジョリクールとカピとで、しばいもできました。ヴィタリスのせりふに合《あ》わせ、ちゃんと台本《だいほん》どおりに動《うご》きます。

ヴィタリスは、この一座《いちざ》に人間《にんげん》の子《こ》どもをくわえたら、しばいがもっとおもしろくなると思《おも》い、バルブランに金《かね》をはらって、レミを

＊芸達者《げいたっしゃ》…身《み》につけたわざや演技《えんぎ》が上手《じょうず》なようす。

もらいうけたのでした。

母《かあ》さんから引《ひ》きはなされたそのばん、暗《くら》くなってきたころに、雨《あめ》がふりはじめました。ヴィタリスは、ある農家《のうか》にたのみこんで、*1納《な》屋《や》に入《い》れてもらいました。

「あのう、今夜《こんや》はどこにねるんですか。」

レミは不安《ふあん》になって、ヴィタリスにききました。ヴィタリスは、じろりとレミを見《み》ると、そっけなく答《こた》えました。

「もちろん、ここだ。ほんとうは外《そと》でねるはずだったが、雨《あめ》だからしかたがない。しかし、ここには、ありがたいことに、ほし草《くさ》の山《やま》がある。土《つち》の上《うえ》でねるよりもずっといい。」

レミは、その言葉《ことば》に、*2打《う》ちのめされる思《おも》いでした。シャバノンの村《むら》でもぜいたくはできませんでしたが、家《いえ》には、いつでも母《かあ》さんのあたたかいスープと、せいけつなシーツをしいたベッドがありました。それなのに、レミの生活《せいかつ》は、がらりとかわってしまったのです。

そのうえ、ヴィタリスが、

「さあ、夕食《ゆうしょく》にしよう。」

といって、ポケットから出《だ》したのは、たった一つのパンでした。しかも、それを、小《ちい》さくちぎって、ヴィタリスとレミ、それに、一ぴきのサルと三びきの犬《いぬ》とで分《わ》けたのです。それ

＊1納屋《なや》…物置《ものお》き。＊2打《う》ちのめされる…精神的《せいしんてき》にとても、がっかりさせられること。

ぞれの口《くち》に、ほんの一切《ひとき》れずつ。それが、このばんの食事《しょくじ》のすべてでした。

レミは、悲《かな》しいのと、おなかがすいてたまらないのとで、納屋《なや》のほし草《くさ》にもぐりこんでなきました。そこへ、白《しろ》いプードル犬《けん》のカピがよってきました。そして、なぐさめるように鼻《はな》をすりよせ、やがて、レミのそばにぴったりとよりそいました。

ヴィタリス老人《ろうじん》は、レミをお金《かね》で買《か》ったにしては、それほど悪《わる》い人《ひと》ではありませんでした。ヴィタリスは、レミにも動物《どうぶつ》たちにも、実《じつ》にしんぼう強《づよ》く芸《げい》を教《おし》えました。

「動物《どうぶつ》を、たたいたりしないんですね。」

レミがそういうと、ヴィタリスは、あわれむようにいいました。

「おまえは、シャバノンの村《むら》では、牛《うし》や馬《うま》にひどいあつかいをする*農夫《のうふ》しか見《み》たことがないんだろうね。」

「みんなは、そうでした。でも、母《かあ》さんは、め牛《うし》のルーセットに、いつもやさしくしていました。」

ヴィタリスは深《ふか》くうなずきました。

「それを聞《き》いただけで、おまえの母《かあ》さんが、どんなにいい人《ひと》だったかわかる。」

レミは母《かあ》さんを思《おも》いだして、また胸《むね》がしめつけられる気《き》がしました。でも、母《かあ》さんは、レミのほんとうのお母《かあ》さんではないのです。

レミは、いつかは、母《かあ》さんの元《もと》にもどれるのでしょうか。それとも、

*農夫《のうふ》…農業《のうぎょう》を仕事《しごと》にしている男《おとこ》の人《ひと》。

これっきり二度《にど》と会《あ》うことはできないのでしょうか。

ヴィタリスは、そんなレミの思《おも》いがわかったのか、気《き》を引《ひ》きたてるようにいいました。

「*1ユセルの町《まち》に行《い》ったら、新《あたら》しい服《ふく》とかわぐつを買《か》ってやろう。いつか、おまえが一人前《いちにんまえ》の芸人《げいにん》になったら、また、シャバノンに帰《かえ》ることもできるかもしれん。」

「え、服《ふく》とかわぐつ…？」

そのとたん、レミの足取《あしど》りは少《すこ》し軽《かる》くなりました。そして、どんなにつかれても、早《はや》くその町《まち》に行《い》きたい気持《きも》ちになりました。

ユセルは、*2ひなびた暗《くら》い町《まち》でした。ヴィタリスはうす暗《ぐら》い市場《いちば》の

*1ユセル…フランス中西部《ちゅうせいぶ》の町《まち》。 *2ひなびた…ここでは、人《ひと》があまり住《す》んでいないような、しずかで古《ふる》い感《かん》じのするようす。 *3ビロード…表面《ひょうめん》の毛《け》をやわらかに立《た》てた生地《きじ》のこと。なめらかな手《て》ざわりで、つやがある。

かたすみの店《みせ》で、レミに中古《ちゅうこ》のすりきれたビロード[*3]の衣《い》しょうと、かわぐつを買《か》いました。そして、ズボンのすそをはさみで切《き》って、見《み》たこともないようなへんてこな服《ふく》に作《つく》りあげました。それでもレミは、今《いま》までのどろだらけの服《ふく》を着《き》がえられるだけでもうれしいと思《おも》いました。新《あたら》しい服《ふく》を着《き》たレミは、もうフランス人《じん》の男《おとこ》の子《こ》には

見《み》えませんでした。すっかり外国《がいこく》の芸人《げいにん》のようになったのです。

そのかっこうで、レミはしばいに出《で》ることになりました。

「いいか。サルのジョリクールがえらい将軍《しょうぐん》*閣下《かっか》の役《やく》、カピが年《とし》とったためしつかいの役《やく》、おまえは新入《しんい》りのめしつかいの役《やく》だ。」

レミは、教《おし》えられたとおりにやろうとしましたが、なかなかうまくいきません。ところが、動物《どうぶつ》よりばかな人間《にんげん》の子《こ》どもを見《み》て、客《きゃく》は大《おお》よろこびでした。そして、レミは、はく手《しゅ》とお金《かね》をもらうごとに、だんだん、この役《やく》が気《き》に入《い》るようになりました。いつの間《ま》にか、レミにも旅芸人《たびげいにん》らしさが身《み》についてきたのです。

けれども、一座《いちざ》のしばいは、同《おな》じところで何度《なんど》もくりかえすことはできませんでした。小《ちい》さな町《まち》では、お客《きゃく》もかぎられ、二回《かい》三回《かい》と

やるうちに、すぐにあきられてしまうからです。
そして、動物《どうぶつ》たちは何種類《なんしゅるい》ものしばいをおぼえることはできません。ですから、ヴィタリス一座《いちざ》は、ひっきりなしに旅《たび》をして、新《あたら》しい場所《ばしょ》で同《おな》じ芸《げい》をするしかありませんでした。

ユセルの町《まち》を出《で》たあと、レミはヴィタリスにききました。

「これからどこへ行《い》くの？」

ヴィタリスは、おかしな物《もの》でも見《み》るような目《め》でレミを見《み》ました。

「どこへ行《い》くか、わしがいえば、おまえにはわかるのか？」

レミは、とまどったように首《くび》をふりました。

「いいえ。でも、知《し》りたいんだもの。」

＊閣下《かっか》……身分《みぶん》や、地位《ちい》の高《たか》い人《ひと》をうやまってよぶ言葉《ことば》。

ヴィタリスは立《た》ちどまって、レミの顔《かお》をしげしげと見《み》つめました。

「おまえは字《じ》が読《よ》めるか。」

「読《よ》めません。学校《がっこう》にはほとんど行《い》かなかったし。」

「読《よ》めるようになりたいか。」

「字《じ》が読《よ》めたら、何《なに》かいいことがありますか。」

「本《ほん》が読《よ》める。本《ほん》にはすべてがつまっている。聖書《せいしょ》を読《よ》んで、おいのりをしている人《ひと》を見《み》たことがあるだろう。本《ほん》が読《よ》めれば、自分《じぶん》でなんでもできるようになるんだ。地図《ちず》を見《み》ることもな。自分《じぶん》がどこにいて、どこへ行《い》くのかが、わかるようになる。」

（そしたらぼくは、母《かあ》さんにまた会《あ》えるよう、おいのりすることもできるし、地図《ちず》を見《み》てシャバノンに帰《かえ》ることもできるわけだ！）

レミはそう思《おも》って、急《いそ》いでいいました。

「おねがいです。字《じ》を教《おし》えてください。」

ヴィタリスは、*いつくしむようなほほえみをうかべました。そして、その日《ひ》から毎日《まいにち》、木切《きぎ》れにアルファベットをきざんで、レミに字《じ》を教《おし》えてくれました。


*いつくしむ…かわいがって、大事《だいじ》にする。

ヴィタリスは、字《じ》だけでなく、地理《ちり》や歴史《れきし》や、いろいろなことも教《おし》えてくれました。レミがふしぎに思《おも》うほど物知《ものし》りで、世界中《せかいじゅう》を旅《たび》したことがあり、王様《おうさま》と話《はな》したことさえありました。ヴィタリスは、自分《じぶん》の話《はなし》はほとんどしてくれませんでしたが、レミは学《まな》ぶことが楽《たの》しく、寒々《さむざむ》とした日々《ひび》に明《あか》るい光《ひかり》がさしたかのようでした。字《じ》を習《なら》い、知識《ちしき》をえることで、希望《きぼう》がもてるようになったのです。

あいかわらず旅《たび》のくらしはきびしく、*野宿《のじゅく》をしたり、食《た》べるものがなかったりする毎日《まいにち》でしたが、それでも、レミはもう、なくのはやめました。ヴィタリスは、楽譜《がくふ》の読《よ》み方《かた》や歌《うた》の歌《うた》い方《かた》も教《おし》えてくれました。レミは、いつかりっぱな芸人《げいにん》になって、母《かあ》さんの元《もと》へ帰《かえ》ろう、と思《おも》うようになりました。

*野宿《のじゅく》…夜《よる》、野山《のやま》でねること。

3 二か月《げつ》のわかれ

レミは、犬《いぬ》たちとは親友《しんゆう》になりましたが、サルのジョリクールだけは、レミとなかよくする気《き》はなさそうでした。それどころか、ことあるごとに、レミのことをからかいます。しばいの中《なか》だけならいいのですが、ジョリクールは、ヴィタリス以外《いがい》のすべての人間《にんげん》を、ばかにしているようでした。レミは、もうすっかり、そのことになれっこになってしまいました。しかし、ジョリクールの生意気《なまいき》な態度《たいど》が、とんでもない事件《じけん》を引《ひ》きおこすことになったのです。

その日《ひ》、一座《いちざ》は＊1トゥールーズという町《まち》で芸《げい》をしていました。大《おお》きな並木通《なみきどお》りの一つでしばいをし、たくさんの見物客《けんぶつきゃく》が集《あつ》まっていました。そこへ、この通《とお》りの受《う》け持《も》ちらしい、一人《ひとり》の警官《けいかん》がやってきました。警官《けいかん》は、何《なに》かが気《き》にくわなかったらしく、しばいの最中《さいちゅう》にわりこんできました。

「おい、おまえたち、犬《いぬ》どもをつれて、ここから出《で》ていけ！」

ヴィタリスは、子《こ》どもや動物《どうぶつ》にはがまん強《づよ》いのですが、大人《おとな》に対《たい》しては、すじを通《とお》さなければ、気《き》がすまない人《ひと》でした。

「そういう命令《めいれい》をするからには、ここでしばいをしてはいけないという＊2法律《ほうりつ》があるんでしょうな。それを見《み》せていただきたい。」

警官《けいかん》は、だまりこみました。それを見《み》た客《きゃく》たちが、くすくすとわ

＊1トゥールーズ…フランス南西部《なんせいぶ》の工業都市《こうぎょうとし》。＊2法律《ほうりつ》…国民《こくみん》として、守《まも》らなければならない決《き》まり。

らっていました。さらにいけないことに、ジョリクールが、すっかりばかにしきった態度《たいど》で、警官《けいかん》の物《もの》まねを始《はじ》めたのです。

警官《けいかん》の顔《かお》がいかりで真《ま》っ赤《か》になったとき、レミは、さすがにまずいと思《おも》いました。

「ジョリクール、こっちへ来《こ》い！」

レミは、ジョリクールを

つかまえに行《い》きました。ところが、ジョリクールはすばやく身《み》をかわします。追《お》いかけっこのようになったレミとジョリクールを見《み》て、見物客《けんぶつきゃく》たちはますますわらいだしました。それを見《み》た警官《けいかん》は、レミがわざとそうしているのだと思《おも》いこみ、いきなりレミをなぐりつけました。

「子《こ》どもに手《て》を上《あ》げてはいかん！」

ヴィタリスは、警官《けいかん》の手首《てくび》をつかみました。警官《けいかん》はそれをふりはらったかと思《おも》うと、老人《ろうじん》の体《からだ》をはげしくつきとばしました。よろめいたヴィタリスは、とっさに警官《けいかん》の手《て》をたたきました。

「おまえをたいほ[*1]する！」

わかい警官《けいかん》は、いきりたってヴィタリスを引《ひ》ったてていきました。

つれていかれながら、ヴィタリスは必死《ひっし》でレミのほうをふりかえり、「レミ、みんなをたのむ！」とさけびました。

レミはただ、ぼうぜんとその場《ば》に立《た》ちつくしていました。とつぜんヴィタリスがいなくなり、レミは動物《どうぶつ》たちと、取《と》りのこされてしまったのです。

すぐに裁判《さいばん》が開《ひら》かれ、ヴィタリスは*2有罪《ゆうざい》となりました。そして二か月《げつ》の間《あいだ》、刑務所《けいむしょ》に入《い》れられる、といいわたされました。

「二か月《げつ》も！」

レミは、おどろきのあまり、思《おも》わずさけびました。そんなに長《なが》い間《あいだ》、レミはひとりぼっちで、どうすればいいのでしょう。

「ああ、今日《きょう》食《た》べる物《もの》も、ないというのに……。」

＊1いきりたつ…いかりをおさえられず、こうふんする。　＊2有罪《ゆうざい》…裁判《さいばん》で、罪《つみ》があるとみとめられること。

けれども、ぐずぐずしているわけにはいきません。この町《まち》にいるかぎり、あの警官《けいかん》はいつまでも追《お》いかけてきて芸《げい》をやらせないようにするでしょう。ヴィタリスからお金《かね》をもらうひまもなかったので、レミは一文《いちもん》なしでした。早《はや》くどこかで芸《げい》をしてお金《かね》をかせがなければなりません。

レミは動物《どうぶつ》たちをつれて町《まち》を出《で》ると、となりの村《むら》まで行《い》き、つかれきった体《からだ》で歌《うた》をうたい、動物《どうぶつ》たちに芸《げい》をさせました。けれども、ヴィタリスの笛《ふえ》も*1口上《こうじょう》もないので、客《きゃく》はなかなか集《あつ》まりません。そのうえ、犬《いぬ》た

ちもおなかがすきすぎて、ろくな芸《げい》になりません。結局《けっきょく》レミたちは、一スー[*2]もかせぐことはできませんでした。

「どうしよう。どうしたらいいんだろう。」

レミは、ヴィタリスに会《あ》いたくてたまりませんでした。一日《にち》会《あ》えないだけで、どれほど心細《こころぼそ》いことでしょう。これから二か月《げつ》もはなれたままだと思《おも》うと、レミは目《め》の前《まえ》が真《ま》っ暗《くら》になったようでした。

そのばんは、村《むら》はずれの木《き》の下《した》で一夜《いちや》を明《あ》かし、次《つぎ》の日《ひ》も、とうとう何《なに》も食《た》べずに夕方《ゆうがた》になりました。

「おなかがすいた……。」

レミは、もう絶望的《ぜつぼうてき》になり、[*3]運河《うんが》のところまで行《い》って、だれもいない川《かわ》べりにすわりこみました。ああ、なつかしいヴィタリス！

＊1口上《こうじょう》…しばいなどで、始《はじ》まる前《まえ》にあいさつをしたり、あらすじを説明《せつめい》したりすること。＊2スー…フランスの昔《むかし》のお金《かね》の単位《たんい》。一スーは、今《いま》のお金《かね》で五十円《えん》くらい。＊3運河《うんが》…船《ふね》を通《とお》すためにつくられた、水路《すいろ》のこと。

レミにとって、今《いま》や、ヴィタリスは、ただ一座《いちざ》の座長《ざちょう》というだけではありませんでした。愛《あい》し、愛《あい》される、家族《かぞく》のような存在《そんざい》になっていたのです。シャバノンの母《かあ》さんも、村《むら》の教会《きょうかい》の神父《しんぷ》さまも教《おし》えてくれなかったようなたくさんのことを、ヴィタリスは、レミにおしみなく教《おし》えてくれました。

レミは、ヴィタリスが今《いま》までに話《はな》してくれたいろいろなことを思《おも》いめぐらせ、ふと、ヴィタリスのある言葉《ことば》を思《おも》いだしました。

「戦争《せんそう》で軍隊《ぐんたい》がつかれはてたときは、音楽《おんがく》を聞《き》かせるんだ。音楽《おんがく》には、つかれをわすれさせる力《ちから》があるからね。」

レミはハープ[*1]を取《と》りだしました。そして、きらきらする川面《かわも》を背《せ》に、最後《さいご》の力《ちから》をふりしぼるようにして、ワルツの曲《きょく》をひきはじめました。

　はじめ、動物《どうぶつ》たちは気乗《きの》りしないようすで、すわりこんでいるだけでした。けれども、だんだん元気《げんき》が出《で》てきたレミが、ダンスの曲《きょく》をひきはじめると、三びきの犬《いぬ》はつられたように立《た》ちあがって、おどりはじめました。ヴィタリスのいったとおりでした。音楽《おんがく》には、パンを食《た》べるのにも負《ま》けないほどの、ききめがあったのです。

　そのときです。後《うし》ろから、[*2]「ブラボー！」という、子《こ》どもの声《こえ》が聞《き》こえました。レミがふりかえると、一そうの風変《ふうが》わりな船《ふね》が運河《うんが》にうかんでいました。まるで一けんの家《いえ》が水《みず》にうかんでいるようです。ツタのからまる屋根《やね》の下《した》には、ガラスばりの部屋《へや》やテラスまであります。船《ふね》を動《うご》かしているのは、陸《りく》にいる二頭《とう》の馬《うま》で、それは今《いま》、

＊1ハープ…弦《げん》をはった楽器《がっき》で、両手《りょうて》の指《ゆび》ではじいてひく。
＊2ブラボー…感動《かんどう》したときなどにかける声《ごえ》。うまいぞ！　すばらしい！　見事《みごと》だ！　などの意味《いみ》。

向《む》こう岸《ぎし》で足《あし》を休《やす》めています。

テラスの上《うえ》には、ねいすのようなものの上《うえ》で上半身《じょうはんしん》だけ起《お》きあがったかっこうの男《おとこ》の子《こ》がいて、その後《うし》ろに、母親《ははおや》らしい美《うつく》しい女《おんな》の人《ひと》が立《た》っていました。

「うちの子《こ》のために、もう一曲《きょく》ひいてくださらない？」

女《おんな》の人《ひと》が外国《がいこく》なまり*で話《はな》しかけてきました。レミがハープをかなで、犬《いぬ》たちがおどると、二人《ふたり》は、はく手《しゅ》かっさいしてくれました。

「お代《だい》はいくらかしら。」

ああ、レミはどれほどお金《かね》がほしかったことでしょう。けれども、なぜか、この二人《ふたり》からお金《かね》をもらう気《き》にはなれませんでした。

「楽《たの》しんでいただけたなら、それで十分《じゅうぶん》です。」

*なまり…ある地方《ちほう》だけで使《つか》われている、言《い》い方《かた》や発音《はつおん》。

ちょうどそのころ、風《かぜ》がうまい具合《ぐあい》にふいて、その船《ふね》はこちら岸《ぎし》までよせられていました。女《おんな》の人《ひと》は、にっこりわらって、

「それでは、お食事《しょくじ》でも。この船《ふね》にお乗《の》りになって。むすこがおサルさんを近《ちか》くで見《み》たがっているものですから。」

といいました。

レミと動物《どうぶつ》たちは、よろこんで船《ふね》に乗《の》り、出《だ》された食事《しょくじ》をむさぼるように食《た》べました。女《おんな》の人《ひと》がおどろいて、

「もしかして、ものすごくおなかがすいていたの？」

と、きいてくれたので、レミはヴィタリスの一座《いちざ》に起《お》こったことをすべて話《はな》しました。

「では、よかったら、その一座《いちざ》の座長《ざちょう》が刑務所《けいむしょ》から出《で》てくるまで、

わたしたちとこの船《ふね》でくらさない？　むすこのアーサーにはお友《とも》だちがひつようだと思《おも》うし、わたしも、あなたのハープをもっと聞《き》きたいわ。」

レミは、音楽《おんがく》の力《ちから》がこれほどまでとは思《おも》いませんでした。これから二か月《げつ》、ヴィタリスが帰《かえ》ってくるまで、もう食《た》べる物《もの》の心配《しんぱい》をしなくてすむのです！

「はい、おく様《さま》！　よろこんで!!」

レミには、気持《きも》ちのいい部屋《へや》まであたえられました。ベッドはふかふかで、部屋《へや》の中《なか》はあたたかく、レミは、シャバノンの母《かあ》さんの家《いえ》をはなれてから、はじめて、安心《あんしん》してぐっすりとねむることができました。

4
白鳥号《はくちょうごう》に乗《の》って

アーサーのお母《かあ》さんはミリガン夫人《ふじん》といい、イギリス人《じん》でした。

アーサーが病弱《びょうじゃく》なため、ボルドーの町で、まるで別荘《べっそう》のようなこの船《ふね》をつくらせ、「白鳥号《はくちょうごう》」と名《な》づけて船旅《ふなたび》をしています。けれども、ボルドーを出《で》て一か月《げつ》になるのに、アーサーの体《からだ》はちっともよくなりません。そんなとき、二人《ふたり》はレミたちに出会《であ》ったのでした。

ミリガン夫人《ふじん》は、はじめ、レミの音楽《おんがく》やかわいい動物《どうぶつ》たちが、アーサーを元気《げんき》づけることだけを期待《きたい》していました。が、間《ま》もなく、レミがたいへんかしこい子《こ》どもで、アーサーの勉強《べんきょう》の手助《てだす》けもできる

ことがわかりました。そのうえ、レミには、いやしいところがまったくなく、どこか気品《きひん》さえ感《かん》じさせるようなところもあったので、ミリガン夫人《ふじん》は、レミがなんだかむすこのようにかわいく思《おも》えてきました。
「レミ、あなた、大道芸人《だいどうげいにん》のくらしをやめて、ずっとわたしたちと、いっしょにくらさない？　わたしたち、二人《ふたり》だけの家族《かぞく》なのよ。夫《おっと》は亡《な》くなり、アーサーの上《うえ》のむす

こは、赤《あか》ちゃんのときに、さらわれてしまったの。夫《おっと》の弟《おとうと》のジェームズは、夫《おっと》に子《こ》どもがいなければ、財産《ざいさん》を相続《そうぞく》*できるから、ゆくえ不明《ふめい》のアーサーの兄《あに》をさがしてもくれないし、それどころか、アーサーが死《し》ぬのを待《ま》ってさえいるのよ。わたしは、そんなところに帰《かえ》りたくないので、ずっとフランスにいるつもりなんです。あなたや動物《どうぶつ》たちが、いっしょにいてくれたら、アーサーもわたしも、さびしくなくなるわ。」

「ほんとうですか、おく様《さま》！」

やさしいミリガン夫人《ふじん》にそんなふうにいわれて、レミはとてもうれしくなりました。けれども、夫人《ふじん》の次《つぎ》の言葉《ことば》を聞《き》いたとき、レミはこおりついたように、だまってしまいました。

「座長《ざちょう》のヴィタリスさんに手紙《てがみ》を書《か》いて、それから、シャバノンのおうちの方《かた》に話《はな》していただきましょう。座長《ざちょう》とあなたのご両親《りょうしん》が、いいといってくだされば、わたしたち、ずっといっしょにいられるわ。」

レミは、自分《じぶん》が拾《ひろ》われた子《こ》だということを、ミリガン夫人《ふじん》には、知《し》られたくありませんでした。レミは、孤児院《こじいん》の子《こ》どもたちのような、どこのだれだかわからない子《こ》だと思《おも》われるのを、ひどくおそれていたのです。あとになって、レミは、そんなふうに考《かんが》えたことを、はげしくこうかいすることになります。けれどもそのときは、レミの心《こころ》は、これからもずっと、白鳥号《はくちょうごう》にいたい気持《きも》ちと、拾《ひろ》われた子《こ》ということを知《し》られたくない気持《きも》ちとが、ぶつかりあって、とても

＊相続《そうぞく》…前《まえ》の持《も》ち主《ぬし》に代《か》わって、財産《ざいさん》などを受《う》けつぐこと。

心《こころ》がみだれたのでした。

そうするうちに、ヴィタリス老人《ろうじん》が刑務所《けいむしょ》から出《で》る日《ひ》がやってきました。ヴィタリスは、二か月前《げつまえ》にくらべると、ずいぶんやせて、弱々《よわよわ》しくなっていました。が、むかえに行《い》ったレミのすがたを見《み》たとたん、ヴィタリスは、ぱっとうれしそうな顔《かお》になりました。

「レミ！　どれほど会《あ》いたかったことか！」

ヴィタリスは、レミをしっかりとだ

きしめました。今《いま》までに、こんなふうにされたことは、一度《いちど》もありません。レミは、そのとたん、わかれたときは、一日《にち》たりともヴィタリスなしでくらせない、と思《おも》ったこと、そもそも、ヴィタリスは、レミをかばって刑務所《けいむしょ》に入《はい》ったのだ、ということを思《おも》いだしました。そして、ヴィタリスのことをわすれて、ずっと白鳥号《はくちょうごう》にいたいと思《おも》ったことを、はずかしいと思《おも》いました。

「この子《こ》はぜったいに手《て》ばなしません。」

ヴィタリスが、ミリガン夫人《ふじん》にそういったとき、レミは、うれしいような、悲《かな》しいような気持《きも》ちと同時《どうじ》に、ほっとした気持《きも》ちにもなりました。少《すく》なくとも、これで、親《おや》のいない子《こ》だということを、ミリガン夫人《ふじん》に知《し》られずにすみます。

「さようなら、アーサー。さようなら、ミリガン夫人《ふじん》。ぼくたちのこと、わすれないでくださいね。」

（これで、いい思《おも》い出《で》だけをのこして、わかれることができる。）

でも、もう二人《ふたり》に会《あ》えないのだと思《おも》うと、やはり胸《むね》がちぎれるようです。レミ自身《じしん》も、シャバノンの母《かあ》さんとはちがった意味《いみ》で、ミリガン夫人《ふじん》が母親《ははおや》のように思《おも》えていたし、二つちがいのアーサーのことも、はじめから弟《おとうと》のようにかわいく思《おも》っていたのです。

母《かあ》さんとわかれたときも、ヴィタリスが刑務所《けいむしょ》に入《い》れられたときも、同《おな》じような悲《かな》しみを味《あじ》わいました。ふたたび旅《たび》の生活《せいかつ》が始《はじ》まれば、またこんなことがつづくかもしれないと思《おも》うと、おさないレミは、さすがに暗《くら》い気持《きも》ちにならざるをえませんでした。

5
永《えい》遠《えん》のわかれ

ほこりっぽい道《みち》をひたすら歩《ある》き、たどりついた町《まち》で芸《げい》をする。そんな日々《ひび》がまた始《はじ》まりました。けれども、レミはなかなか今《いま》までのような前向《まえむ》きな気持《きも》ちになれません。ミリガン夫人《ふじん》やアーサーには、できるだけ、なれなれしくしないように気《き》をつけていたつもりでしたが、ぜいたくで何《なん》の心配《しんぱい》もないくらしがつづくと、まずしい生活《せいかつ》にもどるのは、かんたんなことではありませんでした。

足《あし》をぼうにして歩《ある》き、夜《よる》は寒《さむ》さにふるえて身《み》をよせながら野宿《のじゅく》をするとき、レミはたびたび白鳥号《はくちょうごう》のことを思《おも》いだしました。そして、あたたかいふかふかのベッドや、食《た》べきれないほどのごちそう、ミリガン夫人《ふじん》のほほえみや、アーサーのわらい声《ごえ》を思《おも》いだし、そのたびに、せつない思《おも》いにしめつけられました。あのとき、なぜヴィタリスにおねがいしてでも、白鳥号《はくちょうごう》にのこらせてもらわなかったのだろう、と思《おも》ってしまうこともたびたびでした。

やがて、冬《ふゆ》がめぐってきました。ヴィタリス一座《いちざ》はパリへと急《いそ》いでいました。冬《ふゆ》の間《あいだ》も大道芸《だいどうげい》に人《ひと》が集《あつ》まるところは、パリしかないからです。けれども、ヴィタリスは汽車《きしゃ》に乗《の》らず、歩《ある》いてパリを目《め》指《ざ》していました。もはや、汽車《きしゃ》の切《きっ》ぷを買《か》うお金《かね》もなかったのです。

冬《ふゆ》は、ようしゃなく*せまってきます。とある村《むら》からトロワの町《まち》を目指《めざ》すとちゅう、ついに雪《ゆき》がふりはじめました。体力《たいりょく》のないサルの

*ようしゃなく……手かげんをしない、ゆるさないこと。

ジョリクールは、*ぬれそぼった体《からだ》をぶるぶるとふるわせています。ヴィタリスはジョリクールをふところに入《い》れてあたためようとしましたが、そのヴィタリスの体《からだ》もひえきっていました。

一行《いっこう》は、なんとか森《もり》の中《なか》にきこり小屋《ごや》を見《み》つけ、そこへとびこみました。雪《ゆき》はしんしんとふりつもり、いつまでもやみそうにありません。ヴィタリスは火《ひ》をおこしましたが、ひとばん中《じゅう》だれかが火《ひ》の番《ばん》をするひつようがありました。

＊ぬれそぼった……ぬれて、びしょびしょになった体。

「わしが先《さき》に番《ばん》をするからな。とちゅうで交《こう》たいしてくれたらいい。できるだけ長《なが》く起《お》きて、たえられなくなったら起《お》こすから、そうしたら火《ひ》をたやさないよう、木《き》のえだをたき火《び》にくべ[*1]てくれ。」

「はい。」

レミが答《こた》えると、ヴィタリスはうなずいて、レミをあたたかい場《ば》所《しょ》にねかせてくれました。

刑務所《けいむしょ》から出《で》て、急《きゅう》にふけこんでしまったヴィタリスは、以前《いぜん》よりずっとレミにやさしくなっていました。このごろレミは、ヴィタリスのことを、まるで紳士《しんし》[*2]のようだ、と思《おも》いはじめました。ミリガン夫人《ふじん》とくらして、ほんとうの上品《じょうひん》[*3]さというものを知《し》ったレミには、ヴィタリスの中《なか》にも、それと同《おな》じものがあることが、わかるように

なったのです。

ずいぶん夜《よ》もふけてから、ヴィタリスは、レミを起《お》こし、自分《じぶん》は小屋《こや》のすみに行《い》ってねむりにつきました。一人《ひとり》でたき火《び》の上《うえ》にまいあがる火《ひ》の粉《こ》を見《み》つめながら、レミは、ヴィタリスの過去《かこ》に思《おも》いをめぐらせていました。レミが知《し》っている大人《おとな》の中《なか》で、これほど物知《ものし》りの人《ひと》はいません。ミリガン夫人《ふじん》でさえ、わかいぶん、ヴィタリスの経験《けいけん》と知識《ちしき》にはおよばないような気《き》がします。ヴィタリスはいったい何者《なにもの》なのでしょう。なぜ、まずしい旅《たび》の芸人《げいにん》などをしているのでしょう。

そんなことをあれこれと考《かんが》えているうちに、レミはうたたねをしてしまったようでした。カピのはげしくほえる声《こえ》ではっと目《め》をさま

＊1くべる…火《ひ》の中《なか》に入《い》れてもやす。　＊2紳士《しんし》…れいぎ正《ただ》しく、行《おこな》いがりっぱな男《おとこ》の人《ひと》。　＊3上品《じょうひん》…動作《どうさ》や行《おこな》い、話《はな》し方《かた》などが美《うつく》しいようす。

すと、たき火《び》の火《ひ》が消《き》えていて、小屋《こや》はすっかりひえきっています。

「ああっ！　しまった！」

見回《みまわ》すとゼルビノとドルチェのすがたがありません。二ひきの犬《いぬ》は、レミが目《め》をはなしたすきに、小屋《こや》を出《で》ていってしまったのです。あわてて戸《と》を開《あ》けると、雪原《せつげん》のかなたに、オオカミの遠《とお》ぼえが聞《き》こえました。

「もう、だめだ。」

起《お》きあがったヴィタリスがつぶやきました。二ひきは、オオカミのえじきになってしまったのです。ヴィタリスのふところで、ジョリクールがふるえながら、何《なに》かを感《かん》じたように、か細《ぼそ》く鳴《な》きました。

よく朝《あさ》、ヴィタリスは、ぐったりしたジョリクールをだき、レミとカピだけをつれてきこり小屋《ごや》を出《で》ました。

カピは、死《し》んだ仲間《なかま》たちからはなれがたい、というように、何度《なんど》も何《なん》度《ど》も森《もり》をふりかえりました。が、ヴィタリスは、おしだまったまま、町《まち》を目指《めざ》してどんどん歩《ある》いていきました。

レミは、自分《じぶん》のせいで二ひきの

犬《いぬ》が殺《ころ》されたことを、どうやってあやまったらいいか、わかりませんでした。しかし、ヴィタリスは、今《いま》はジョリクールの病気《びょうき》のことしか頭《あたま》にないようでした。

トロワにたどりつくと、ヴィタリスはいちばん大《おお》きくてりっぱな宿屋《やどや》にとびこみました。そして、あたたかい部屋《へや》に通《とお》されると、ひえきっているジョリクールをベッドに入《い》れ、医者《いしゃ》までよびました。

けれども、汽車賃《きしゃちん》すら持《も》っていなかったヴィタリスです。しはらいをするためには、今夜《こんや》、この村《むら》で芸《げい》をするしかありません。

「おまえがやるんだ。カピと二人《ふたり》で。」

ヴィタリスは、きびしい顔《かお》でいいました。レミはじゅんびを始《はじ》めました。それに気《き》づいたジョリクールは、必死《ひっし》で将軍《しょうぐん》の衣《い》しょうを指《ゆび》さし、自分《じぶん》もつれていけ、とせがみます。そのいじらしいすがたを見《み》て、レミはなきそうになりました。

ゼルビノもドルチェもジョリクールもいない舞台《ぶたい》で、レミは声《こえ》のかぎりに歌《うた》いました。けれども、お金《かね》はさっぱり集《あつ》まりません。次《つぎ》に、カピが芸当《げいとう》をしました。レミのときよりはお金《かね》が入《はい》りましたが、それでも宿屋《やどや》と医者《いしゃ》のしはらいにはおよびません。底《そこ》が見《み》えているお金入《かねい》れの小《ちい》さなボウルを見《み》てレミが青《あお》ざめたとき、とつぜんヴィタリスが大声《おおごえ》でさけびました。

「さあ、最後《さいご》にこの老人《ろうじん》が一曲《きょく》歌《うた》います。*ねがわくは、さいふのひもをゆるめていただけますように！」

そして、ヴィタリスは歌《うた》いはじめました。

*ねがわくは…ねがうことは。どうかそうなってほしいという気持《きも》ちを表《あらわ》すいい方《かた》。

そのしゅん間《かん》、レミは目《め》を見《み》はりました。これが、あの、みすぼらしい老人《ろうじん》のヴィタリスでしょうか。まるで別人《べつじん》、いいえ、人《ひと》をこえたもののようです。天《てん》までとどくような深《ふか》いひびき、胸《むね》を打《う》つようなすきとおった声《こえ》。レミは、ヴィタリスがこのように歌《うた》うのを聞《き》い

*化身《けしん》…すがたをかえて、あらわれたもの。

たのは、はじめてでした。いえ、ヴィタリス以外《いがい》のだれであっても、人《ひと》がこんなふうに歌《うた》うのを、レミは聞《き》いたことがありません。そこにいるのは、まさに音楽《おんがく》の神《かみ》の＊化身《けしん》でした。

感動《かんどう》にふるえたのは、レミだけではなかったようです。その場《ば》は水《みず》を打《う》ったようにしずまりかえり、ヴィタリスが歌《うた》いおわると、一しゅんの間《ま》をおいて、観客《かんきゃく》からわれんばかりのはく手《しゅ》がわきおこりました。

ボウルは、またたくうちにお金《かね》でいっぱいになりました。そのあと、一人《ひとり》の婦人《ふじん》が立《た》ちあがり、ヴィタリスの前《まえ》に来《き》ていいました。

「わたくし、音楽《おんがく》を専門《せんもん》にしていますの。」

婦人《ふじん》はヴィタリスの顔《かお》をじっと見《み》つめました。

「わたくし、たいへん感激《かんげき》いたしました。こんなところで、あなたのような方《かた》に出会《であ》えるとは。」

ヴィタリスは、ふきげんそうに顔《かお》をそむけ、

「たいした者《もの》ではありません」といって立《た》ちさりました。

が、レミがそのあとを追《お》いかけ、「あの方《かた》が、こんなに！」と、金《きん》貨《か》を見《み》せると、ヴィタリスはわれにかえったように、さけびました。

「おお、これでジョリクールを助《たす》けられる！」

ヴィタリスは、宿屋《やどや》に着《つ》くと、すぐにベッドにいたジョリクールをだきあげました。けれども、その体《からだ》はすっかりつめたくなっていて、ジョリクールが目《め》を開《あ》けることは二度《にど》とありませんでした。＊くずおれるように、ゆかにすわりこんでしまったヴィタリスを見《み》て、レミは言葉《ことば》もありませんでした。

ゼルビノ、ドルチェ、そしてジョリクール。かけがえのない仲間《なかま》を立《た》てつづけにうしなって、さすがのヴィタリスも打《う》ちのめされたようすでした。レミは、何《なに》もかも自分《じぶん》のせいだと思《おも》いました。白鳥号《はくちょうごう》に帰《かえ》りたいと思《おも》ったわがままな気持《きも》ちが、よくないことを次々《つぎつぎ》と引《ひ》きよせた気《き》がしてなりません。

＊くずおれる……くずれるようにたおれること。

けれども、二人《ふたり》と一ぴきに
なってしまった一座《いちざ》も、よう
やくパリにたどりつきました。
ゆめにまで見《み》た、花《はな》の都《みやこ》、
パリ！
でも、そこは、レミが思《おも》い
えがいていた、はなやかな町《まち》
とは、ほど遠《とお》いものでした。

6
パリの親方《おやかた》

パリに着《つ》くとすぐ、ヴィタリスは、みすぼらしいうら通《どお》りを曲《ま》がり、緑色《みどりいろ》のうす暗《ぐら》い建物《たてもの》に入《はい》っていきました。階段《かいだん》を上《のぼ》って五階《かい》まで上《あ》がり、あるひとつの部屋《へや》のドアを開《あ》けると、

「ガロフォリ親方《おやかた》はいるかな。」

と、よびかけました。

すると中《なか》から、青白《あおじろ》い

顔《かお》の男《おとこ》の子《こ》が出《で》てきて、か細《ぼそ》い声《こえ》でいいました。

「夕食《ゆうしょく》までもどりません。あと二時間《じかん》くらいです。」

「そうかい。では、二時間後《じかんご》にまたもどってくる。」

ヴィタリスはそういうと、レミのほうに向《む》きなおっていいました。

「いいか、レミ。冬《ふゆ》の間《あいだ》、わしはおまえをここにあずけようと思《おも》うんだ。おまえはガロフォリ親方《おやかた》のところで芸《げい》をする。わしは、パリの知《し》り合《あ》いの子《こ》どもたちに歌《うた》や楽器《がっき》を教《おし》える。そうやって、春《はる》までべつべつにくらすんだ。そのほうがいい。あたたかくなったらまたいっしょに旅《たび》に出《で》られるからな。」

ヴィタリスが出《で》かけてしまうと、レミは部屋《へや》の中《なか》で、知《し》らない子《こ》と二人《ふたり》きりになりました。ずいぶん頭《あたま》の大《おお》きい男《おとこ》の子《こ》でした。あと

でわかったことですが、その子《こ》は頭《あたま》が大《おお》きいわけではなく、体《からだ》がやせすぎていてそう見《み》えたのでした。

「おまえ、レミっていうのか。おれは、マチア。親《しん》せきのガロフォリ親方《おやかた》に、イタリアからつれてこられたんだ。ここでは、一日《にち》に四十スーかせがないとムチで打《う》たれるんだぜ。そしておれは、かせぎが悪《わる》かったから毎日《まいにち》なぐられたあげく、もう死《し》にかけているんだ。そろそろ親方《おやかた》が病院《びょういん》に入《い》れてくれるといいんだけどな。妹《いもうと》にもう一度《いちど》会《あ》いたいけど、それができないなら、せめて死《し》ぬ前《まえ》でいいから、病院《びょういん》に入《はい》りたいよ。」

「病院《びょういん》!?　病院《びょういん》って、こわいところじゃないの？」

レミがびっくりしていうと、マチアは引《ひ》きつったようなわらいをうかべていいました。

「ここにくらべたら、病院《びょういん》は天国《てんごく》さ。まあ、見《み》てろよ。」

しばらくすると、二十人《にん》ばかりの子《こ》どもたちが、次々《つぎつぎ》と楽器《がっき》を持《も》って部屋《へや》にもどってきました。最後《さいご》に、ガロフォリ親方《おやかた》が帰《かえ》ってきました。いらいらしたようすの、つめたい目《め》をした小男《こおとこ》で、子《こ》どもたちを一列《れつ》にならばせると、その日《ひ》のかせぎを出《だ》させます。そして、四十スーに一スーでも足《た》りない子《こ》どもは、上着《うわぎ》をぬがせ、ムチでなぐりはじめました。

さいしょの子《こ》の背中《せなか》にムチがふりおろされたしゅん間《かん》から、レミはすでにないていました。ところが、ガロフォリは、レミのなみだに気《き》がつくと、ますますうれしそうな顔《かお》をして、次々《つぎつぎ》と子《こ》どもたちの背中《せなか》を打《う》ちつづけるのでした。

レミが、これ以上《いじょう》たえきれない、と思《おも》ってにげだそうとしたとき、ドアが開《あ》いて、すくいの手《て》がさしのべられました。ヴィタリスがもどってきたのです。

「ガロフォリ、やめろ！」

ヴィタリスは、ガロフォリのうでをつかみ、ムチを取《と》りあげると、

「これ以上《いじょう》やったら警察《けいさつ》をよぶぞ！」

と、さけびました。ガロフォリは、ムチをはなしましたが、ヴィタリスをにらみつけると、ふてぶてしくいいかえしました。

「ふん、そんなことをしてみろ。おまえのところの子《こ》どもは、あずかってやらないぞ。それに、おれもおまえのひみつをばらすぜ。そしたらおまえは、世間《せけん》にはじをさらすことになるだろうなあ。」

ヴィタリスの顔色《かおいろ》がかわりました。ヴィタリスは、そのまま、レミをだきかかえるようにして外《そと》に出《で》ました。一しゅん、マチアのうらやましそうな顔《かお》が、レミの目《め》に入《はい》りました。そして、ガロフォリ

の高《たか》わらいが追《お》いかけてくるなか、ヴィタリスとレミは、二人《ふたり》で暗《くら》い階段《かいだん》を下《お》りていきました。

外《そと》に出《で》ると、ヴィタリスは、こがらしのふきあれる中《なか》、しばらく道《みち》ばたにすわりこんでしまいました。

「じつをいうと、おまえをかす代《か》わりにガロフォリから、二十*フランばかり受《う》けとることになっていたんだ。ところが、思《おも》わずかっとなって、おまえをつれだしてしまった。今夜《こんや》は食《た》べる物《もの》もねる場所《ばしょ》もない。ふところには一*セントもないからな。」

レミはおなかがぺこぺこでしたが、それでもヴィタリスにだきつきたいほど感謝《かんしゃ》していました。

*フラン…昔《むかし》、フランスで使《つか》われていたお金《かね》の単位《たんい》。一フランは今《いま》のお金《かね》でおよそ千円《えん》くらい。
*セント…お金《かね》の単位《たんい》のこと。

「あのガロフォリのところでひと冬《ふゆ》すごすくらいなら、一日《にち》食《た》べないくらいなんでもありません。」

けれども、食《た》べられないのは一日《にち》だけではすまないようでした。

ヴィタリスはあれこれ考《かんが》えたあげく、ようやく立《た》ちあがりました。

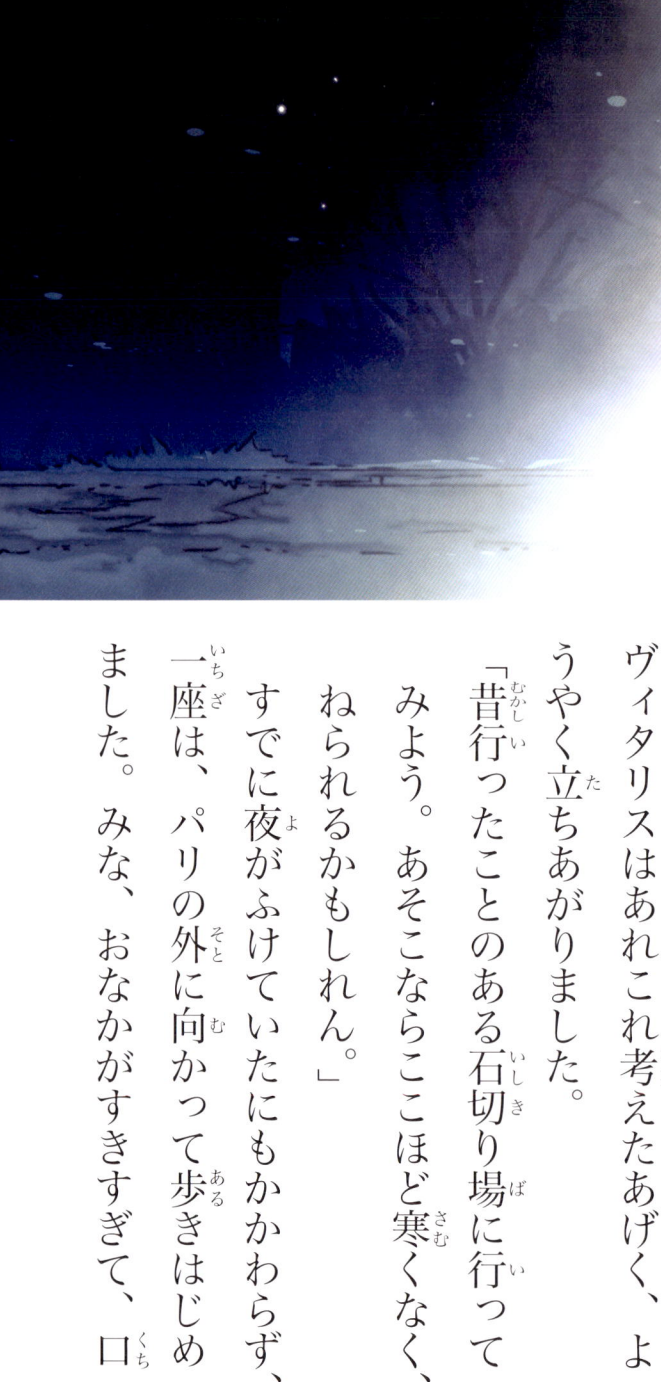

「昔《むかし》行《い》ったことのある石切《いしき》り場《ば》に行《い》ってみよう。あそこならここほど寒《さむ》くなく、ねられるかもしれん。」

すでに夜《よ》がふけていたにもかかわらず、一座《いちざ》は、パリの外《そと》に向《む》かって歩《ある》きはじめました。みな、おなかがすきすぎて、口《くち》

もきけないほどでした。それに町《まち》をはなれてから、明《あ》かり一つなく、あたりはすみを流《なが》したような真《ま》っ暗《くら》やみで、右《みぎ》も左《ひだり》もわかりません。ヴィタリスはやがて、道《みち》にまよったことに気《き》がつきました。目指《めざ》す石切《いしき》り場《ば》はここにはないのです。

「パリにもどろう。」

ヴィタリスは、苦《くる》しそうにいいました。その息《いき》づかいはあらく、老人《ろうじん》がかなり弱《よわ》っていることはたしかでした。

「どこかで休《やす》みませんか。」

レミがいっても、ヴィタリスは、よろめく足《あし》で歩《ある》きつづけました。

「立《た》ちどまったら終《お》わりだ。雪《ゆき》の中《なか》でじっとしていたら、死《し》んでしまう。」

けれども、何時間《なんじかん》歩《ある》いても、パリにはもどれませんでした。もどる道《みち》も、まちがえたようなのです。

「ああ、もう、だめだ。」

ヴィタリスは、どこかの庭先《にわさき》のわら山《やま》にたおれこみました。

「しっかりして、ヴィタリス。」

レミは、自分《じぶん》も立《た》っていられないほどでしたが、ここですわったら、このまま死《し》んでしまうこともわかっていました。レミは必死《ひっし》で、ヴィタリスを立《た》ちあがらせようとしました。けれども、ヴィタリスは、もうあきらめたようなしずかな声《こえ》でいいました。

「わしはもうだめだ。だが、レミ、おまえは生《い》きろ。カピをだいてあったまるんだ。おお、おまえをミリガン夫人《ふじん》の元《もと》においてこなかったのは、わしの最大《さいだい》のあやまちだった。わしは、おまえといたかったのだ。わしは、おまえなしでは生《い》きられなかったのだ。」

そういって、ヴィタリスは、レミをだきよせ、そのひたいにそっとキスをしました。そしてレミも、ヴィタリスによりそって、わら山《やま》にすわりこんだとたん、気《き》が遠《とお》くなっていきました。かすんでいく意識《いしき》の中《なか》で、シャバノンの母《かあ》さんとミリガン夫人《ふじん》の顔《かお》が、見《み》えた気《き》がしました。自分《じぶん》はもう死《し》ぬんだなと、レミは思《おも》い、それっきり何《なに》もかもわからなくなりました。

7

花《はな》作《づく》りの家《いえ》で

目《め》を開《あ》けたときレミは、ベッドにねかされ、知《し》らない人《ひと》たちにかこまれていました。灰色《はいいろ》の上着《うわぎ》を着《き》た男《おとこ》の人《ひと》と、四人《にん》の子《こ》どもたちです。男《おとこ》の子《こ》が二人《ふたり》と女《おんな》の子《こ》が二人《ふたり》。みなでレミの顔《かお》を、心配《しんぱい》そうにのぞきこんでいます。

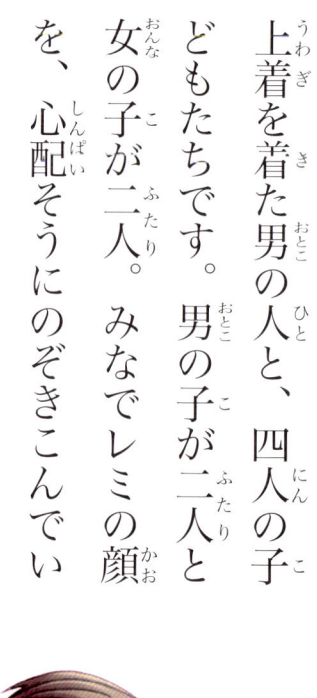

7　花作りの家で

だんだん頭《あたま》がはっきりしてきて、真《ま》っ先《さき》にレミがいったのは、

「ヴィタリス！」

という言葉《ことば》でした。夕《ゆう》べ、わら山《やま》の上《うえ》で、レミはヴィタリスととも
に死《し》ぬんだと思《おも》いました。けれども、こうして生《い》きています。

「ヴィタリスはどこ!?　カピは？」

「あなたのおじいさんは、亡《な》くなったわ。」

女《おんな》の子《こ》の一人《ひとり》が、気《き》のどくそうにいいました。

「犬《いぬ》は、ここにいるよ。」

男《おとこ》の子《こ》がそういったとたん、カピが走《はし》りこんできました。

ここは、花作《はなづく》りの農家《のうか》でした。ヴィタリスとレミは、夕《ゆう》べこの家《いえ》
の前《まえ》で行《い》き*だおれたのです。午前《ごぜん》二時《じ》に市場《いちば》に出《で》かけようとした花《はな》

＊行《い》きだおれ…病気《びょうき》やうえ、寒《さむ》さなどのため、道《みち》ばたで死《し》ぬこと。また死《し》んだ人《ひと》。

作《づく》りの主人《しゅじん》は、犬《いぬ》のほえる声《こえ》で、そこにたおれているヴィタリスとレミを見《み》つけました。ヴィタリスのほうはすでに、こごえしんでいましたが、レミは、だいていたカピのおかげで、まだ心臓《しんぞう》が動《うご》いていました。そこで、家《いえ》に運《はこ》びこんでベッドに入《い》れ、みなで息《いき》をふきかえすのを待《ま》っていた、というわけです。

花作《はなづく》りの主人《しゅじん》はアキャンといい、親切《しんせつ》な人《ひと》でした。おくさんを亡《な》くし、四人《にん》の子《こ》どもとくらしていました。末《すえ》むすめのリーズは、引《ひ》きつけを起《お》こして以来《いらい》、口《くち》がきけなくなっていました。が、そのこと以外《いがい》は健康《けんこう》な子《こ》で、ずっとレミのそばによりそっていました。

レミは、立《た》てるようになると、すぐに警察《けいさつ》に行《い》きました。ヴィタリスが死《し》んだなんて、信《しん》じたくはありませんでした。けれども、そここはつめたくなったヴィタリスの体《からだ》が横《よこ》たわっていました。大《おお》きかったはずの老人《ろうじん》は、レミが思《おも》っていたよりずっと小《ちい》さく、やせ細《ほそ》っていました。ヴィタリスは、ずっと前《まえ》から病気《びょうき》だったにちがいありません。そして、来《く》る日《ひ》も来《く》る日《ひ》もきびしい寒《さむ》さの中《なか》を歩《ある》きつづけ、いっそう弱《よわ》っていたにちがいないのです。

「ぼくがいなければ、ヴィタリスは、パリで冬《ふゆ》をこせたのに。」

レミはなみだが止《と》まりませんでした。母《かあ》さん、ミリガン夫人《ふじん》、そしてヴィタリス。レミを愛《あい》し、かわいがってくれた人《ひと》は、次々《つぎつぎ》に目《め》の前《まえ》からいなくなってしまいます。

それが、レミの運命《うんめい》なのでしょうか。

立《た》ちつくすレミに、警察《けいさつ》の人《ひと》はヴィタリスの身元《＊みもと》をききました。

＊身元《みもと》…その人《ひと》の名前《なまえ》や住所《じゅうしょ》、生《う》まれや育《そだ》ち、親《おや》やきょうだいのことなど。

けれども、レミはヴィタリスのことを何《なに》も知《し》りません。ただ、今《いま》までのことをかくさずすべて話《はな》しおわると、警察署長《けいさつしょちょう》[*1]は、いいました。

「では、パリのガロフォリという男《おとこ》にきけばわかるわけだな。」

レミは、警官《けいかん》とアキャンといっしょに、パリに行《い》き、ガロフォリの部屋《へや》まで案内《あんない》しました。マチアのすがたはありませんでした。のぞみどおり入院《にゅういん》できたのかもしれません。

ガロフォリはレミと警官《けいかん》のすがたを見《み》ると青《あお》くなりましたが、用《よう》件《けん》がわかったとたん、安心《あんしん》して、ぺらぺらとしゃべりはじめました。

「ヴィタリスのじいさんは死《し》にましたか。でも、じいさんのほんとうの名前《なまえ》はヴィタリスじゃない。カルロ・パルツィーニというんです。四十年《ねん》くらい前《まえ》のイタリア人《じん》だったら、知《し》らない人《ひと》はない

くらいの、有名《ゆうめい》な歌手《かしゅ》ですよ。ところが、なぜか、とつぜん声《こえ》の調子《ちょうし》が悪《わる》くなり、一流《いちりゅう》の芸術家《げいじゅつか》ではいられなくなった。それで音《おん》楽界《がくかい》からすがたを消《け》したんです。名前《なまえ》をかえて、別人《べつじん》のふりをして、小《ちい》さな劇場《げきじょう》で歌《うた》っていたんですが、どんどん落《お》ちぶれて、最後《さいご》は旅芸人《たびげいにん》になった、というわけですよ。わたしはたまたまそのことを知《し》ったんですがね。じいさんは、最後《さいご》まで気位《きぐらい》[*2]が高《たか》かったから、世間《せけん》に知《し》られたら、たえきれなかったことでしょうねえ。」

＊1署長《しょちょう》……ここでは、警察署《けいさつしょ》でいちばん上《うえ》の役職《やくしょく》の人《ひと》。
＊2気位《きぐらい》……自分《じぶん》の身分《みぶん》や地位《ちい》などをほこりに思《おも》い、それをたもとうとする心《こころ》のもち方《かた》。

こうして、レミはついにヴィタリスのなぞを知《し》ることができました。かわいそうなヴィタリス。宮殿《きゅうでん》で歌《うた》ったことさえあったのに、最後《さいご》はわら山《やま》の上《うえ》でさびしく死《し》んでしまった。レミは、声《こえ》を上《あ》げてなきました。花作《はなづく》りのアキャンさんが、父親《ちちおや》のようにやさしく、レミのかたをだいてくれました。

レミは、とうとうカピと二人《ふたり》きりになりました。

「これから、どうするんだい。」

アキャンさんにきかれ、レミは、しっかりと答《こた》えました。

「また旅《たび》に出《で》ます。楽器《がっき》をひいて、カピに芸《げい》をさせて、かせぐんです。今《いま》までもそうやって生《い》きてきましたから。」

するとアキャンさんは、前《まえ》から考《かんが》えていたように、いいました。

「なあ、レミ。よかったら、このままうちでくらさないか。そりゃあ、ぜいたくはさせてやれないさ。畑仕事《はたけしごと》もやってもらわなくちゃいけない。でも、ねるところと食《た》べる物《もの》にはこまらない。音楽《おんがく》をやりたい気持《きも》ちはわかるが、またあんなふうに行《い》きだおれたくはないだろう。長男《ちょうなん》のアレクシはおまえと同《おな》じ年《とし》ごろだし、何《なに》よりリーズも、おまえさんを気《き》に入《い》っているようなんだ。あの子《こ》は口《くち》がきけないが、耳《みみ》は聞《き》こえるし、なんでもよくわかっている。あの子《こ》にここでハープを聞《き》かせ、お話《はなし》をしてやってくれないかな。」

「ぼくを、この家《いえ》の子《こ》にしてくれるんですか？」

レミはおどろきながらも、うれしい気持《きも》ちを、おさえられません

でした。新《あたら》しい家族《かぞく》ができる！　ヴィタリスがあんな死《し》に方《かた》をしたのに、自分《じぶん》だけ幸《しあわ》せになっていいのか、という思《おも》いもよぎりました。けれども、レミは、この一家《いっか》の親切《しんせつ》な申《もう》し出《で》を、受《う》けいれることにしたのでした。カピもいっしょであることはいうまでもありません。

二年《ねん》の月日《つきひ》が流《なが》れました。レミは、アキャン一家《いっか》とともに楽《たの》しくくらしていました。リーズはあいかわらず口《くち》がきけませんでしたが、レミとはちゃんと会話《かいわ》ができました。レミはリーズのいいたいことがすべてわかったし、リーズはレミが大《だい》すきでした。

花作《はなづく》りの仕事《しごと》も順調《じゅんちょう》でした。アキャン父《とう》さんは、お金《かね》をたくさんかりて、りっぱな温室《おんしつ》を作《つく》りましたが、がんばって育《そだ》てた花《はな》が売《う》れ

れば、それもきちんと返《かえ》せるはずです。

八月《がつ》のある日曜日《にちようび》、一家《いっか》は友《とも》だちの家《いえ》におよばれしました。家族全員《かぞくぜんいん》いっしょです。ひさしぶりのお出《で》かけに、リーズまでがぴょんぴょんはねてよろこんでいました。カピもいっしょにはねています。

友《とも》だちの家《いえ》ではたくさんごちそうを出《だ》してくれました。ところが、楽《たの》しい夕食《ゆうしょく》が終《お》わりかけたころ、いきなり西《にし》の空《そら》に黒雲《くろくも》がわきあがりました。

「急《いそ》いで帰《かえ》るぞ！　とっ風《ぷう》がきたら、温《おん》

室《しつ》があぶない！」

アキャン父《とう》さんは、子《こ》どもたちをつれてかけだしました。レミも、カピをつれて追《お》いかけました。が、時《とき》すでにおそし。黒雲《くろくも》は空全体《そらぜんたい》をおおい、風《かぜ》がまきあがったかと思《おも》ったら、信《しん》じられないほどの大《たい》量《りょう》のひょうがふりはじめたのです。温室《おんしつ》は、めちゃめちゃになってしまいました。あれほどさきみだれていた花《はな》は全《ぜん》めつし、父《とう》さんには*借金《しゃっきん》だけがのこされてしまったのです。

アキャン父《とう》さんはどうすることもできませんでした。借金《しゃっきん》は、全《ぜん》財産《ざいさん》を売《う》りはらってもまだ足《た》りないほどあったのです。父《とう》さんはお金《かね》を返《かえ》せないので、五年間《ねんかん》、刑務所《けいむしょ》に入《はい》らなければなりません。

四人《にん》の子《こ》どもたちは、一人《ひとり》ずつばらばらの親《しん》せきの家《いえ》に引《ひ》きとられることになりました。けれども、ほんとうの子《こ》どもでないレミを引《ひ》きとってくれる家《いえ》はありません。親《しん》せきたちも、みなまずしく、一人《ひとり》あずかるだけでも、たいへんなことだったのです。

「ぼくは、また旅《たび》に出《で》るよ。」

レミは、四人《にん》にいいました。

「カピがいるから、一人《ひとり》じゃない。そうだ、みんなに会《あ》いに行《い》こう。そして、じゅんじゅんに、それぞれのようすを知《し》らせてあげるんだ。今《いま》まで、ぼくをきょうだいのように思《おも》ってくれて、ありがとう。ぼくは、おかげで旅《たび》に出《で》る目標《もくひょう》ができたよ。みんなによろこんでもらうこと。それが、今《いま》の、ぼくの新《あたら》しいゆめさ。」

＊借金《しゃっきん》…かりたお金《かね》。

子《こ》どもたちのむかえの馬車《ばしゃ》が来《き》ました。レミにとって、いったい何度目《なんどめ》の、愛《あい》する人《ひと》とのわかれでしょう。
けれども、レミはもうなきません。顔《かお》を上《あ》げて、それぞれの馬車《ばしゃ》を見送《みおく》ったのでした。

第二部 8 レミ一座《いちざ》

最後《さいご》の馬車《ばしゃ》が見《み》えなくなると、レミとカピは楽器《がっき》をかかえて、元気《げんき》に歩《ある》きはじめました。でも、はじめに目指《めざ》すのは、どこにしたらいいでしょう。それを決《き》めるには、地図《ちず》がいります。そこで、レミは、セーヌ川《がわ》のほとりの古本屋《ふるほんや》に行《い》くことにしました。

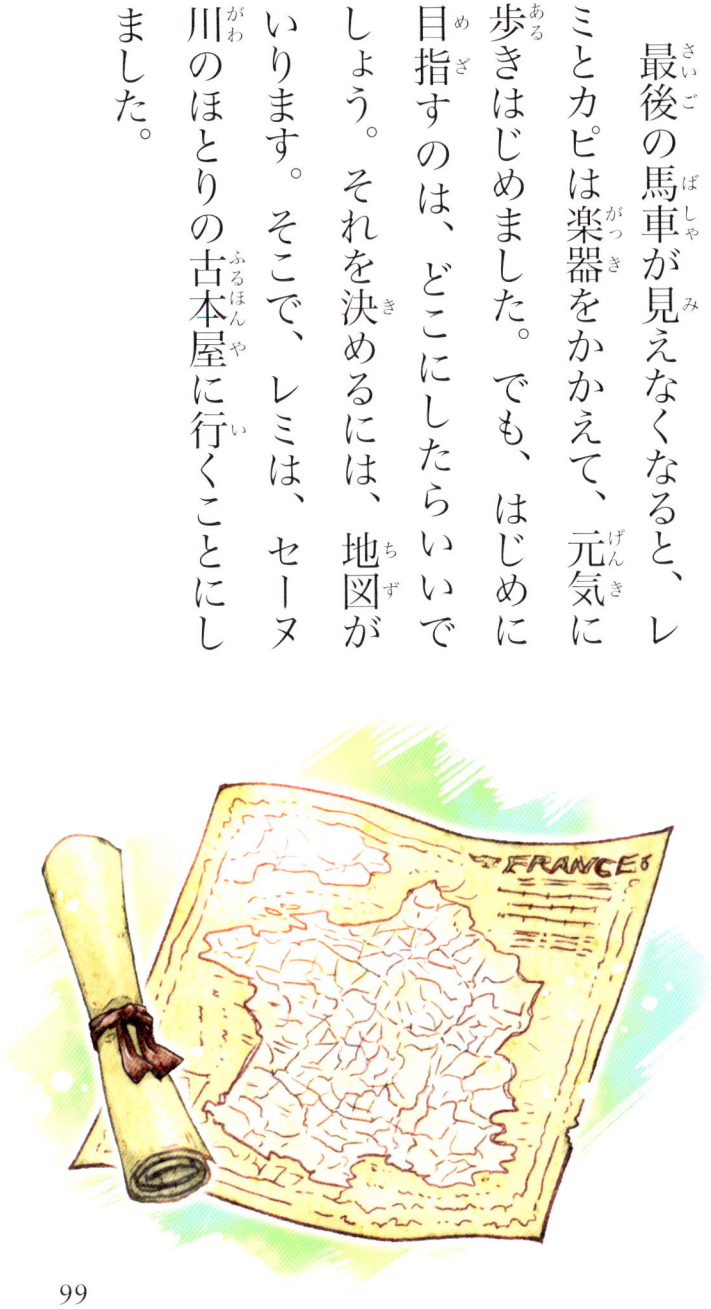

パリに入《はい》ると、レミの心《こころ》は、ヴィタリスの思《おも》い出《で》でいっぱいになりました。ヴィタリスと最後《さいご》にすごした町《まち》、パリ。レミさえいなければヴィタリスが生《い》きのびられたはずの町《まち》、パリ。カピも心《こころ》なしか落《お》ちつきなく見《み》えます。レミは、地図《ちず》を手《て》に入《い》れると、少《すこ》しでも早《はや》くここから出《で》ていきたくなりました。

ところが、サンメダール聖堂《せいどう》の前《まえ》を急《いそ》ぎ足《あし》で通《とお》りすぎようとしたとき、見《み》おぼえのある顔《かお》がこっちを見《み》ているのに気《き》がつきました。

「レミ！」

「マチア？」

ガロフォリ親方《おやかた》のところにいた、あのマチアです。二人《ふたり》とも大《おお》きくなっていましたが、おたがいにすぐにわかりました。

「会《あ》えてうれしいよ。おれはあのあと入院《にゅういん》させてもらったんだが、元気《げんき》になってもどったら今度《こんど》はサーカスに売《う》られたんだ。ところが、そこも追《お》いだされてもどってきたら、ガロフォリはつかまって、刑務所《けいむしょ》に入《はい》っているっていうんだ。もう行《い》くところもないし、金《かね》もないし、はらぺこでここによりかかっていたら、おまえさんが通《とお》りかかったってわけ。」

「そうか。ちょっと待《ま》っててね。」

レミもお金《かね》はありませんでしたが、友《とも》だちのためにパンを一こ買《か》うくらいは持《も》ちあわせていました。マチアはとてもうれしそうに、パンにかじりつきました。

「いいやつだな。ところで、おまえは今何《いまなに》してるの。」

レミはこの二年《ねん》のことをかんたんに話《はな》しました。
「これから一人《ひとり》で、いや、カピと二人《ふたり》で、大道芸《だいどうげい》をやっていくつもりさ。」
すると、マチアは目《め》をかがやかせました。
「じゃあ、おれをその一座《いちざ》に入《い》れてくれよ。バイオリンも持《も》ってるし、ほかのどんな楽器《がっき》でも、演奏《えんそう》できるぜ。」

レミはよろこんでその申《もう》し出《で》を受《う》けました。

「大《だい》かんげいだよ。これで一座《いちざ》は三人《にん》になった！」

パリを出《で》てすぐ、レミは地図《ちず》を広《ひろ》げました。そのとき、なつかしい地名《ちめい》が目《め》にとびこんできました。

シャバノン。母《かあ》さんがいる村《むら》。レミが幸《しあわ》せな八年間《ねんかん》をすごした、あの村《むら》。

二度《にど》と帰《かえ》れないと思《おも》っていたふるさとです。でも今《いま》、レミは自由《じゆう》で、地図《ちず》も、元気《げんき》な足《あし》ももっています。シャバノンを目指《めざ》していけば、母《かあ》さんに会《あ》うことができるのです。

「母《かあ》さん！　母《かあ》さんは、どんなにぼくを心配《しんぱい》しているだろう。」

「レミは、字《じ》が書《か》けるんだろう。手紙《てがみ》を書《か》けばよかったのに。」

「そういうわけにはいかないよ。母《かあ》さんは字《じ》が読《よ》めないし、バルブランに見《み》つかったらさがしだされて、ぼくは、またどれかに売《う》られるかもしれない。」

「バルブランってやつがいないときに、レミのほうから会《あ》いに行《い》けばいいじゃないか。おれは、どこへでもついていくぜ。なんてったって、おまえが座長《ざちょう》なんだからな。そうだ、せっかく育《そだ》ての母《かあ》さんに会《あ》いに行《い》くなら、何《なに》か土産《みやげ》を持《も》っていったらどうだい。その、母《かあ》さんがいちばんよろこびそうなものを、さ。」

「母《かあ》さんがよろこぶもの。それは、め牛《うし》だよ！　ルーセットみたいに、おとなしくて乳《ちち》をよく出《だ》すりっぱな、め牛《うし》さ！」

「め牛《うし》って、いくらくらいするんだろうなあ。でもまあ、少《すこ》しずつかせいで、お金《かね》をためながら行《い》けばいいよ。そして、最後《さいご》にめ牛《うし》を買《か》ってプレゼントするのさ。どうだい、いい考《かんが》えだろう。でもまずは、今夜《こんや》のパン代《だい》だ。あそこでかせごうぜ。」

マチアが指《ゆび》さした先《さき》は、人《ひと》が集《あつ》まっている農家《のうか》の庭《にわ》でした。どうやら、結婚式《けっこんしき》をやっているようです。二人《ふたり》とカピは、さっそく中《なか》に入《はい》っていきました。

「こんにちは。今日《きょう》のお祝《いわ》いのために音楽《おんがく》はいかがですか。」

「おう、おまえたち、音楽隊《おんがくたい》なのかい。ぜひ一曲《きょく》やってくれ。」

そこで、レミとマチアは、ハープとバイオリンで*合奏《がっそう》をしました。

客《きゃく》たちは大《おお》よろこびで、おどりはじめました。

マチアはたいしたうで前《まえ》で、客《きゃく》たちが次々《つぎつぎ》と持《も》ってくる楽器《がっき》を、

*合奏《がっそう》…二人《ふたり》以上《いじょう》が同時《どうじ》に演奏《えんそう》すること。

すべて演奏《えんそう》することができました。

二人《ふたり》は夜《よる》おそくまで結婚式《けっこんしき》で演奏《えんそう》しつづけ、カピがくわえて回《まわ》ったぼうしは、お金《かね》でいっぱいになりました。最後《さいご》に花《はな》むこが五フラン金貨《きんか》を入《い》れてくれました。

その日《ひ》、二人《ふたり》は、いきなり二十七フランもの大金《たいきん》を

手《て》に入《い》れたのです。

「ありがとう。きみがくわわってくれなかったら、こんなにうまくは、いかなかったよ。」

レミは心《こころ》から感謝《かんしゃ》の言葉《ことば》をいいました。

「こっちこそだよ。今《いま》まで、なぐらない座長《ざちょう》なんかいなかったからな。イタリアを出《で》て以来《いらい》、入院《にゅういん》したいと思《おも》わなくなったのは、はじめてだよ。」

二人《ふたり》は、顔《かお》を見合《みあ》わせてわらいました。

こうなってくると、め牛《うし》を買《か》うのもゆめ

ではない気《き》がしてきました。けれども、め牛《うし》のねだんは、百五十フランもするようです。

「決《き》めた。シャバノンに行《い》く前《まえ》に、*ヴァルスに行《い》こう。そこの炭鉱《たんこう》に、アキャン父《とう》さんのむすこのアレクシがいるんだ。芸《げい》をして、お金《かね》をかせぎながら行《い》けばいい。」

レミとマチアの音楽《おんがく》は、行《い》く先々《さきざき》でよろこばれ、楽器《がっき》や衣《い》しょうを仕入《しい》れてもまだ貯金《ちょきん》ができるほどでした。マチアは、レミと同《おな》じくらい、め牛《うし》を買《か》うという考《かんが》えにむちゅうでした。二人《ふたり》は、め牛《うし》をつれて、シャバノンの母《かあ》さんに会《あ》いに行《い》くところを、何度《なんど》も何度《なんど》も想像《そうぞう》しました。そして、むだづかいをせず、あいかわらずおなかをすかせながらも、しっかりとお金《かね》をためつづけました。

＊1ヴァルス…フランス南部《なんぶ》にある都市《とし》。

9
炭鉱《たんこう》の町《まち》

やがて二人《ふたり》は、ヴァルスに着《つ》きました。ここの炭鉱《たんこう》で、アキャン父《とお》さんの弟《おとうと》、ガスパールおじさんが*炭鉱夫《たんこうふ》をしているのです。アレクシは、そこに引《ひ》きとられて、炭鉱《たんこう》の仕事《しごと》を手《て》つだっていました。

レミがたずねていくと、アレクシは、

「ずっと待《ま》っていたよ！」

と、両手《りょうて》を広《ひろ》げてむかえてくれました。ガスパールおじさんは、アキャン父《とう》さんに負《ま》けずおとらずいい人《ひと》で、マチアもいっしょに家《いえ》にとめてくれました。

*炭鉱夫《たんこうふ》…石炭《せきたん》をほりだす鉱山《こうざん》ではたらく人《ひと》。鉱夫《こうふ》。

レミとアレクシは、まる二《ふた》ばんもの間《あいだ》、ほとんどねないで語《かた》りあいました。レミは、マチアと出会《であ》ってから何《なに》もかもうまくいってここまで来《き》たことを、アレクシは炭鉱《たんこう》の仕事《しごと》がどんなにすばらしいかということを、話《はな》して聞《き》かせました。

「よかったら、ここにずっといて、ぼくといっしょに炭鉱《たんこう》ではたらかないか。あのマチアっていう子《こ》もいっしょに、さ。」

「ありがとう。でも、やっぱり音楽《おんがく》をやりたいし、ここにずっといたら、ほかのきょうだいにも会《あ》えないから。」

それに、このままとどまってしまったら、シャバノンの母《かあ》さんにめ牛《うし》を買《か》って帰《かえ》ることもできません。

「ざんねんだな。」

アレクシは、くりかえしいいました。
ところが、レミたちが出発《しゅっぱつ》しようとしていた前《まえ》の日《ひ》に、アレクシは右手《みぎて》に大《おお》けがをしてしまいました。
「こまった。おれのトロッコをおしてくれる人《ひと》がいない。」
ガスパールおじさんは頭《あたま》をかかえてしまいました。レミは、親切《しんせつ》に二人《ふたり》をとめてくれたおじさんのために、アレクシの代《か》わりを申《もう》しでました。それに、炭鉱《たんこう》の中《なか》を見《み》てみたい気持《きも》ちもあったのです。

よく日《じつ》から、レミは、アレクシの作業着《さぎょうぎ》を着《き》て、*1坑道《こうどう》の中《なか》に下《お》りていきました。

そこはいろいろな意味《いみ》での別世界《べっせかい》でした。ともかく、真《ま》っ暗《くら》で、光《ひかり》がどこにもないのです。

「こんな地下《ちか》で一日《にち》すごすなんて、考《かんが》えられないだろうね。でも、ここは、ある意味《いみ》、宝《たから》の山《やま》なんだ。」

「先生《せんせい》」というあだ名《な》の、年《とし》とった炭鉱夫《たんこうふ》が、レミにいろいろなことを教《おし》えてくれました。

「石炭《せきたん》とは何《なに》か、石炭《せきたん》はなぜできたのか、知《し》りたくはないかね。わしの家《いえ》においで。地下《ちか》の石炭層《せきたんそう》から見《み》つかる*2化石植物《かせきしょくぶつ》を見《み》せてやろう。」

9　炭鉱の町

先生《せんせい》は、いろいろな化石《かせき》を見つけるために、ふだんから坑道《こうどう》の近《ちか》くに家《いえ》をかりて住《す》んでいるくらいなのです。

みんなは、先生《せんせい》をかわり者《もの》だといってばかにしていましたが、音《おん》楽《がく》のことしか知《し》らなかったレミにとって、炭鉱《たんこう》は、花作《はなづく》りの畑《はたけ》以上《いじょう》にめずらしく、こうき心《しん》をかりたてられるものとなりました。

ところが、トロッコをおす作業《さぎょう》にもなれてきたある日《ひ》、レミは地《ち》底《てい》からわきおこるような地鳴《じな》りの音《おと》を聞《き》きました。ネズミの大群《たいぐん》が走《はし》ってきて、足元《あしもと》をすりぬけていきます。きみょうなごう音《おん》*3が、坑《こう》道《どう》のあちこちからひびいてきました。

「水《みず》だ！　炭鉱《たんこう》に川《かわ》の水《みず》が流《なが》れこんだ！　にげろ！」

だれからともなく声《こえ》が上《あ》がり、炭鉱夫《たんこうふ》たちは、われ先《さき》に走《はし》りだし

*1坑道《こうどう》…鉱山《こうざん》などの、地中《ちちゅう》につくられた通路《つうろ》。　*2化石植物《かせきしょくぶつ》…地中《ちちゅう》にうまった植物《しょくぶつ》の葉《は》、種子《しゅし》、果実《かじつ》、幹《みき》など様々《さまざま》な部分《ぶぶん》が、長《なが》い年月《ねんげつ》をへて、石《いし》のようにかたくなってのこったもの。　*3ごう音《おん》…激《はげ》しく、鳴《な》りひびくような音《おと》。

ました。けれども、とつぜんおしよせてきた水《みず》の、ものすごいいきおいに、何人《なんにん》もが足《あし》をとられ、流《なが》されていきます。

「こっちだ！　レミ！」

よんだのは、先生《せんせい》でした。レミはいわれた方向《ほうこう》に、全速力《ぜんそくりょく》で走《はし》りました。ガスパールおじさんと、ほかの何人《なんにん》かもあとにつづきました。ふだんは先生《せんせい》をからかっている炭鉱夫《たんこうふ》たちも、その知識《ちしき》と判断力《はんだんりょく》には＊1一目《いちもく》おいていたのです。

先生《せんせい》は、＊2切羽《きりは》とよばれる側面《そくめん》の横穴《よこあな》へみんなをみちびきました。

「そこは行《い》き止《ど》まりだぞ！」

そういって、坑道《こうどう》を走《はし》りつづけていった人《ひと》たちは、みな、あっという間《ま》に水《みず》にのまれてしまいました。急《いそ》いではしごを上《のぼ》って切羽《きりは》に

＊1一目《いちもく》おく…相手《あいて》が自分《じぶん》よりすぐれているとみとめ、一歩《ぽ》ゆずること。
＊2切羽《きりは》…トンネル工事《こうじ》や、鉱石《こうせき》・石炭《せきたん》などを、坑内《こうない》でほりとる作業現場《さぎょうげんば》。

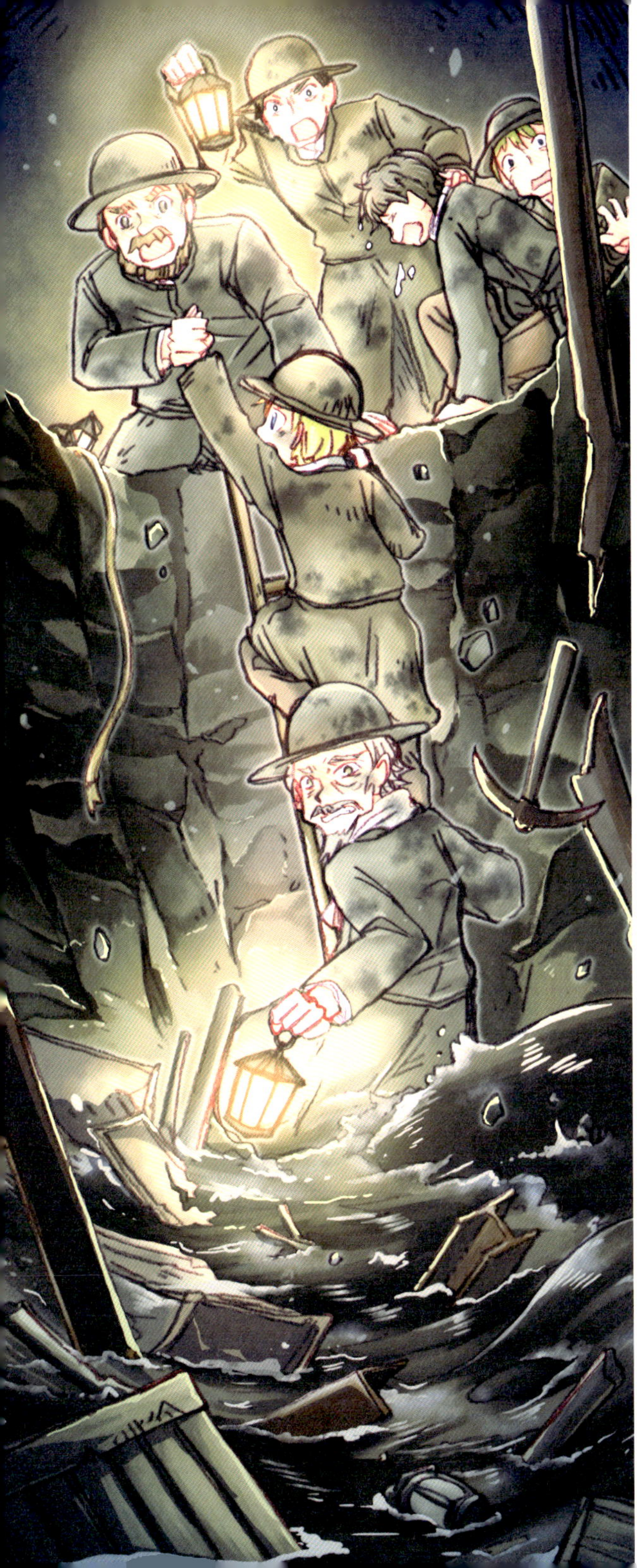

転《ころ》がりこんだレミたちも、まさに間一髪《かんいっぱつ》でした。今《いま》や、坑道《こうどう》には大量《たいりょう》の水《みず》が入《はい》りこみ、完全《かんぜん》に川《かわ》のようになっていました。そして、助《たす》かったレミたちも、せまい切羽《きりは》にとじこめられ、外《そと》に出《で》られなくなってしまったのです。

どのくらいたったでしょう。地鳴《じな》りのような音《おと》はようやく聞《き》こえなくなりました。けれども、その代《か》わりにおとずれたしずけさは、かえって、ごう音《おん》よりもおそろしく感《かん》じられました。

切羽《きりは》に上《のぼ》ったのは全部《ぜんぶ》で六人《にん》。先生《せんせい》、レミ、ガスパールおじさんと、ほかの三人《にん》の炭鉱夫《たんこうふ》です。

「先生《せんせい》、今《いま》まであんたをばかにしてからかっていたけど、今《いま》からはあんたがリーダーだ。ここに上《のぼ》ったのは正《ただ》しかった。ほかのみんなは流《なが》されちまったからな。さあ、次《つぎ》はどうすればいいか、いってくれ。みんないうことをきくから。」

ガスパールおじさんがいいました。ほかのみんなも、うなずきました。そこで、先生《せんせい》は、ランプの一部《いちぶ》を使《つか》って、岩《いわ》はだをほるようにいいました。

「ほって、下《した》を平《たい》らにするんじゃ。ゆかが下《した》に向《む》かってななめになっているからな。このままでは、ゆだんすると水《みず》の中《なか》に転《ころ》がりおちてしまう。これから何日《なんにち》ここにいることになるか、わからん。ねむれるくらいに、平《たい》らで広《ひろ》い場所《ばしょ》を作《つく》らなくてはならん。」

岩《いわ》をほるのは、炭鉱夫《たんこうふ》にとっては、お手《て》のものです。けれども、今《いま》はちゃんとした道具《どうぐ》がありません。それに、いつまでここにいることになるのでしょう。水《みず》が引《ひ》かず、助《たす》けも来《こ》なかったら、このせまい横《よこ》あなにとじこめられたまま、六人《にん》とも、うえ死《じ》にしてしまいます。

それでも、みなはいわれたとおり地面《じめん》をけずって平《たい》らにしました。

それが終《お》わると、暗《くら》やみの中《なか》にすわって、もう何《なに》もすることはなくなりました。ただただ、*1絶望《ぜつぼう》だけが大《おお》きくなっていきました。

いっぽう、地上《ちじょう》では、*2技師《ぎし》をはじめ、たくさんの人々《ひとびと》が救出作業《きゅうしゅつさぎょう》を始《はじ》めていました。地下《ちか》四十メートルの坑道《こうどう》まで、あなをほって、とじこめられている人《ひと》を助《たす》けようというのです。

作業《さぎょう》は十四日間《かかん》にわたりました。

「もう、だれも生《い》きちゃいないよ。」

そういってあきらめようとする人々《ひとびと》に、技師《ぎし》はしんぼう強《づよ》く協力《きょうりょく》をもとめつづけました。

そして、ついに、地面《じめん》の下《した》から合図《あいず》の音《おと》を聞《き》いたのです。

地下《ちか》の切羽《きりは》では、とじこめられた六人《にん》は、一人《ひとり》が持《も》っていたパンを少《すこ》しずつ分《わ》けあっていました。が、それもなくなってからは、ただ足元《あしもと》の水《みず》をすくって飲《の》んでは、うえをしのいでいました。みなは、大水《おおみず》に流《なが》されてしまったにちがいない、百五十人《にん》の炭鉱夫《たんこうふ》のことが頭《あたま》からはなれませんでした。そして、このまま自分《じぶん》たちも助《たす》からないかもしれないことを考《かんが》え、しまいには、いちばん落《お》ちついていた先生《せんせい》でさえも、気《き》がおかしくなりそうになっていました。けれども、レミだけは、希望《きぼう》を

＊1絶望《ぜつぼう》…望《のぞ》みがまったくなくなること。＊2技師《ぎし》…機械《きかい》、建築《けんちく》などで、高度《こうど》な技術《ぎじゅつ》をもってはたらく人《ひと》。

すてませんでした。

「きっと、だれかが助《たす》けに来《き》てくれる。」

「気《き》やすめをいうな。よけい死《し》にそうな気《き》になってくる。」

「いいや、ほんとうにつるはし*の音《おと》がするよ！　さあ、合図《あいず》の音《おと》を送《おく》ろう！　外《そと》に出《で》られるんだ！」


レミは、技師《ぎし》にだきかかえられて地上《ちじょう》に出《で》たとき、日《ひ》の光《ひかり》のまぶしさと、つかれとおなかがすきすぎているのとで、目《め》を開《あ》けてはいられませんでした。レミはそのまま気《き》をうしなってしまいました。けれども、まぶたをとじる直前《ちょくぜん》に見《み》えた白《しろ》いものは、まちがいなくカピでした。

＊つるはし…かたい地面《じめん》などをほりおこすのに使《つか》う道具《どうぐ》。

10

母《かあ》さんの家《いえ》へ

炭鉱《たんこう》から助《たす》けだされたあと、レミはしばらく村《むら》じゅうの人々《ひとびと》にかこまれては、中《なか》でどうしていたか話《はな》してくれとせがまれました。アレクシは、自分《じぶん》の代《か》わりに坑道《こうどう》に入《はい》ったレミが死《し》なずにすんでよかった、と、なみだを流《なが》してよろこんでくれました。

けれども、しばらくすると、レミは、自分《じぶん》をさけて通《とお》る人々《ひとびと》の視《し》線《せん》が気《き》になりはじめました。家族《かぞく》をうしなった人《ひと》たちは、助《たす》かったのがなぜ自分《じぶん》の愛《あい》する人《ひと》でなく、よその土地《とち》から来《き》た子《こ》どもだったのか、と思《おも》っているにちがいありません。

ヴァルスにいづらくなったレミとマチアは、アレクシと、ガスパールおじさんにわかれをつげました。目指《めざ》すはシャバノン、母《かあ》さんの家《いえ》です。二人《ふたり》は、ヴァルスに来《く》る前《まえ》に、すでに百二十八フランをかせいでいました。そのうえ、レミが炭鉱《たんこう》ではたらいたり、とじこめられたりしていた間《あいだ》も、マチアとカピだけで芸《げい》をして、たくさんお金《かね》をためてくれていました。さらにシャバノンに着《つ》く前《まえ》に、またかせぎ、持《も》っているお金《かね》は今《いま》や*二百十四フラン。

「いよいよ、ゆめがかなうんだ！　ほんとうに、め牛《うし》を買《か》って、母《かあ》さんに会《あ》いに行《い》くことができるんだ！」

二人《ふたり》は、家畜市《かちくいち》が開《ひら》かれているユセルの町《まち》に入《はい》っていきました。

この日《ひ》まで、レミは、どんなにがんばっても、物事《ものごと》は思《おも》いどおり

に運《はこ》ばないものだと思《おも》っていました。今《いま》までのレミのつらい運命《うんめい》が、そうさせたのかもしれません。だから、すべてがゆめにえがいたとおりになったとき、レミにはかえって現実《げんじつ》と思《おも》えないほどでした。

レミとマチアは、太《ふと》っため牛《うし》を引《ひ》いてシャバノンの村《むら》に入《はい》っていきました。数年《すうねん》ぶりに見《み》るシャバノンの村《むら》は、まるで時《とき》がとまったかのように、レミの思《おも》い出《で》のままです。そして、家《いえ》についてレミが見《み》たものは、あの日《ひ》と同《おな》じ、白《しろ》いずきんをかぶった母《かあ》さんのすがたでした。

*二百十四フラン…今《いま》のお金《かね》でおよそ二十万円《えん》くらい。

母《かあ》さんは、家《いえ》の前《まえ》に立《た》ったレミを見《み》て、はじめは、しんじられない、というようにだまったたままでした。けれども、すぐに、全身《ぜんしん》をふるわせてさけびました。

「ああ、レミ！　ほんとうに、レミなのね！　この日《ひ》をどんなにゆめ見《み》たことか。あなたをわすれたことは一日《にち》たりともなかった！」

その思《おも》いは、レミもまったく同《おな》じでした。わかれたときよりもずっと背《せ》が高《たか》くなったレミも、母《かあ》さんの前《まえ》では、あのときのままの、八歳《さい》の子《こ》どもです。かつて、雨《あめ》がふったときにそのスカートの中《なか》に入《い》れてもらったときと同《おな》じように、レミは母《かあ》さんの両《りょう》うでにつつまれて、ただただ幸《しあわ》せのなみだを流《なが》しつづけました。

「ああ、おれも妹《いもうと》に会《あ》いたいなあ！」

マチアも、そっとなみだをふきました。レミは顔《かお》を上《あ》げました。

「母《かあ》さん、こちらは友《とも》だちのマチア。そして、見《み》せたいものがあるんだ！　ぼくたちからの、プレゼントだよ！」

レミは、め牛《うし》を見《み》せました。

「まあ！　まあ！　しんじられない！　レミがめ牛《うし》をつれてもどってきてくれたなんて！　それでは、あなたのほんとうのご両親《りょうしん》が見《み》つかったのね！　そして、その人《ひと》たちはお金持《かねも》ちなのね！」

「そうじゃないよ。ぼくは、め牛《うし》のお金《かね》を全部《ぜんぶ》マチアと二人《ふたり》だけで、かせいだんだ。ヴィタリスに教《おそ》わった歌《うた》や芸《げい》のおかげでね。」

レミは、ヴィタリスとのくらしや動物《どうぶつ》たちの死《し》、アキャン家《け》での生活《せいかつ》、炭鉱《たんこう》の事故《じこ》のことなどを、みな話《はな》しました。母《かあ》さんは、一つ

一つうなずきながら聞《き》き、時《とき》になき、時《とき》にわらい、最後《さいご》にレミの手《て》を取《と》っていいました。
「うれしいわ、レミ。この先《さき》あなたがどんなにお金《かね》をかけてくれたって、お金《かね》のないときにしてくれたことに、まさるものはないもの。」
「この先《さき》も、ぼくはきっと、いつだってお金《かね》にこまっていると思《おも》うよ。」
「ところが、そうではないようなのよ。どうやら、あなたのほんとうのご両親《りょうしん》が、あなたをさがしているらしいの。それも、りっ

ぱな身《み》なりの紳士《しんし》なのよ。あなたはすてられたのではなく、きっと、高貴《こうき》な生《う》まれで、何《なに》かのまちがいでおきざりにされたのね。上等《じょうとう》な産着《うぶぎ》にくるまれていたもの。じつは、バルブランは、今《いま》、あなたをさがしにパリに行《い》っているの。あの音楽家《おんがくか》のおじいさんが連絡先《れんらくさき》としておいていった、ガロフォリっていう人《ひと》のところに。あなたの居場所《いばしょ》を、ほんとうのご両親《りょうしん》に教《おし》えれば、たくさんのお金《かね》がもらえる、と思《おも》っているみたいなのよ。」

そのばん、レミとマチアは、母《かあ》さんにクレープを作《つく》ってもらって、おなかいっぱい食《た》べました。

「母《かあ》さん、ぼくの庭《にわ》のキクイモは食《た》べた？」

「ええ、ええ、いただきましたよ。やっぱりあれは、おまえが植《う》えてくれたのね。こんなことをしてくれるのはレミしかいない、と思《おも》って、ほんとうに胸《むね》がいっぱいでしたよ。」

幸《しあわ》せな会話《かいわ》は夜《よ》ふけまでつづきました。けれども、レミはそのばん、なかなかねつけませんでした。母《かあ》さんの家《いえ》のなつかしいベッドでねむることを、あれほど楽《たの》しみにしていたにもかかわらず。

ほんとうの親《おや》。そのことで、レミの頭《あたま》はいっぱいになっていました。あくる日《ひ》、レミはあわただしく母《かあ》さんの家《いえ》を出発《しゅっぱつ》しました。

「また来《く》るよ、母《かあ》さん。」

母《かあ》さんは、レミの手《て》をにぎって無事《ぶじ》をいのってくれました。

「一日《にち》も早《はや》く、ほんとうのご両親《りょうしん》に会《あ》えますように。」

11

ドリスコル一家《いっか》

村《むら》を出《で》ると、レミはひたすらパリに向《む》かって急《いそ》ぎましたが、マチアはおもしろくなさそうなようすでした。

「なんだって、あの家《いえ》をすぐに出《で》てきてしまったんだ。あんなに母《かあ》さんのよろこぶ顔《かお》を楽《たの》しみにしていたくせに。」

「だって、ほんとうの親《おや》がぼくをさがしてるんだよ。バルブランのやつより早《はや》く会《あ》わなきゃ、あいつは育《そだ》てた礼《れい》として、ぼくの親《おや》から大金《たいきん》を取《と》ろうとするかもしれない。せっかくぼくをさがしだしてくれた親《おや》にたいして、そんなことはさせたくないんだ。」

「それだけじゃないだろう。おまえは、実《じつ》の親《おや》が金持《かねも》ちらしいとわかって、そっちがよくなったんだ。でも、よく考《かんが》えろよ。おまえが感謝《かんしゃ》して愛《あい》すべきなのは、まずしいくらしの中《なか》で育《そだ》ててくれたシャバノンの母《かあ》さんと、行《い》きだおれのおまえを助《たす》けてほんとうの子《こ》どものようにやしなってくれたアキャンのおやじさんだ。」

「そんなことは、わかってるよ。」

そういいながらも、レミは、お金持《かねも》ちの両親《りょうしん》さえいれば、母《かあ》さんにも楽《らく》をさせてやれるし、アキャン父《とう》さんも刑務所《けいむしょ》から出《だ》してあげられると思《おも》うと、はやる気持《きも》ちをおさえられませんでした。

パリに着《つ》くと、レミはすぐにバルブランがとまっているという宿《やど》

屋《や》に向《む》かいました。レミとほんとうの両親《りょうしん》をつなぐのは、くやしいけれど、今《いま》はバルブランだけです。
ところが、宿屋《やどや》の女主人《おんなしゅじん》は、おどろくべきことをいいました。
「バルブラン？　あの人《ひと》は死《し》にましたよ。一週間前《しゅうかんまえ》に病気《びょうき》でね。それじゃ、あんたなの？　バルブランが、金持《かねも》ちの両親《りょうしん》に返《かえ》すためにさがしてる、っていった子《こ》は。」

「死《し》んだ？　バルブランが？　では、ぼくをさがしている両親《りょうしん》というのは、だれなのですか。バルブランは何《なに》かいっていましたか。」

女主人《おんなしゅじん》は顔《かお》をしかめて首《くび》を横《よこ》にふりました。

「さあねえ。でも、ロンドンの法律事務所《ほうりつじむしょ》の男《おとこ》と会《あ》っていたよ。その人《ひと》たちが、どうやらあんたをさがしているみたいだね。」

レミとマチアは、女主人《おんなしゅじん》からなんとか法律事務所《ほうりつじむしょ》の名前《なまえ》を聞《き》きだし、ついにイギリスまでわたる決心《けっしん》をしました。


マチアがひどく船《ふな》よいにやられたものの、二人《ふたり》は無事《ぶじ》にロンドンにやってきました。法律事務所《ほうりつじむしょ》の男《おとこ》たちは、感《かん》じの悪《わる》い人《ひと》たちでしたが、英語《えいご》のできないレミに代《か》わって、マチアが今《いま》までのことを説《せつ》

明《めい》すると、すぐに馬車《ばしゃ》を用意《ようい》してくれました。

レミは、ついにほんとうの両親《りょうしん》のもとにやってきました。けれども、その家《いえ》、ドリスコル一家《いっか》は、まるでお金持《かねも》ちどころではありません。ぼろぼろの、納屋《なや》のようなせまい家《いえ》に、祖父《そふ》と両親《りょうしん》、それに四人《にん》の子《こ》どもたちがぎゅうぎゅうにくらしています。しかも、まずしいだけでなく、つめたい人《ひと》たちばかりでした。レミがあらわれても、ちっともうれしそうな顔《かお》はせず、あいさつをしようと近《ちか》づいても、いやそうに、おしのけられてしまいます。フランスまでさがしに行《い》くほど、ゆくえ不明《ふめい》だったむすこを愛《あい》していたとはとても思《おも》えません。

「あれは、ぜったいにおまえの両親《りょうしん》じゃないぜ。まるっきり、にていないもの。それに、第一《だいいち》、法律事務所《ほうりつじむしょ》に金《かね》をはらえるようには見《み》えないじゃないか。」

マチアは、レミを引《ひ》きよせて耳元《みみもと》でささやきました。レミもまったく同《おな》じ意見《いけん》でした。

「フランスに帰《かえ》ろう。」

マチアは、いいはりました。けれどもレミは、もしこの人《ひと》たちがほんとうに自分《じぶん》の家族《かぞく》だったら、と思《おも》うと、なかなか決心《けっしん》がつきません。この人《ひと》たちをすきになれないのは、言葉《ことば》が通《つう》じなくて愛情《あいじょう》をつたえあうことができないからなのか、期待《きたい》していたようなお金持《かねも》ちでなかったからなのか、レミ自身《じしん》にもよくわかりませんでした。

そんなある日《ひ》、ドリスコル家《け》に、りっぱな身《み》なりの紳士《しんし》がたずねてきました。紳士《しんし》は、しばらくレミの顔《かお》をしげしげと見《み》つめていましたが、やがて、「子《こ》どもは外《そと》に出《で》ろ」というように身《み》ぶりで二人《ふたり》を追《お》いだしました。

レミとマチアはこっそりうらに回《まわ》り、話《はなし》を聞《き》いていました。

しばらくすると、英語《えいご》のわかるマチアが、青《あお》ざめた顔《かお》でレミのほうをふりむきました。

「あの紳士《しんし》の名前《なまえ》がわかったぞ。ジェームズ・ミリガン。白鳥号《はくちょうごう》にいたアーサーのおじさんだよ！」

「なんだって！　ミリガン夫人《ふじん》を追《お》いだそうとした、あのジェームズなのか。」

「しかも、三か月前《げつまえ》、アーサーは病気《びょうき》で死《し》にそうだった、といっている。そして、まだ生《い》きてるなんて、しぶといやつだ、とも。」

「ああ、かわいいアーサーが、そんなことになっていたとは！」

「そのうえ、ドリスコルのおやじさんは、『子《こ》どものしまつをつけますか？』なんていっていたぞ。」

「どういうことだ！　アーサーがなかなか死《し》なないからって、ドリスコルをつかって殺《ころ》す気《き》じゃないだろうな。マチア、やっぱりきみのいうとおり、フランスに帰《かえ》ろう。たとえドリスコルがほんとうにぼくの父親《ちちおや》だったとしても、もういっしょにくらしたくはない。いずれにしても、白鳥号《はくちょうごう》をさがしだして、あいつらの悪《わる》だくみを、ミリガン夫人《ふじん》につたえなければならないし。」

二人《ふたり》は、ドリスコル家《け》をぬけだして、ふたたびフランスにもどりました。

12

白鳥号《はくちょうごう》ふたたび

白鳥号《はくちょうごう》を見《み》つけだすのは、思《おも》ったほどかんたんなことではありませんでした。ところが、毎日《まいにち》さがしているうちに、レミとマチアは、ついに、白鳥号《はくちょうごう》の番人《ばんにん》だという人《ひと》に会《あ》うことができました。

「ああ、あの船《ふね》の人《ひと》たちなら、スイスに行《い》ったよ。*レマン湖《こ》のほとりの別荘《べっそう》に住《す》む、といってな。」

レミとマチアは、そこへ行《い》けば、かんたんにアーサーたちに会《あ》えるものだと思《おも》いました。ところが、ひとくちにレマン湖《こ》のほとりといっても、別荘地《べっそうち》はしんじられないほど広《ひろ》いのです。一けん一けんさがしまわっていたら、とても間《ま》に合《あ》わないにちがいありません。

「ジェームズ・ミリガンより先《さき》に会《あ》わないと、アーサーが殺《ころ》されてしまう。」

レミは気《き》が気《き》ではありません。そのとき、マチアがいい方法《ほうほう》を思《おも》いつきました。

「音楽《おんがく》を演奏《えんそう》しよう。そうすれば、みんな聞《き》きつけて、家《いえ》の中《なか》から出《で》てきてくれるから、一ぺんに顔《かお》を見《み》ることができる。」

＊レマン湖《こ》…スイス南西部《なんせいぶ》、フランスとの国境《こっきょう》にある湖《みずうみ》。

その考《かんが》えは大当《おおあ》たりで、二人《ふたり》が演奏《えんそう》するたびに、家々《いえいえ》から人々《ひとびと》が出《で》てきました。けれども、ミリガン夫人《ふじん》は見《み》つかりません。

つかれきって、別荘地《べっそうち》のはずれをとぼとぼと歩《ある》きながら、レミはふと、得意《とくい》のナポリ民謡《みんよう》を歌《うた》いはじめました。アーサーやリーズもすきだった曲《きょく》です。そのときです。レミの声《こえ》に合《あ》わせて、か細《ぼそ》い子《こ》どもの声《こえ》が聞《き》こえたのは。

また子《こ》どものころにもどって……

かめの水《みず》を売《う》りあるきたい……

レミはあたりを見回《みまわ》しました。

「アーサー…？」

でも、アーサーの声《こえ》ではないこともわかっていました。

とつぜん、大《おお》きな別荘《べっそう》の一つから、女《おんな》の子《こ》が走《はし》りでてきました。

その顔《かお》を見《み》たとき、レミは立《た》ちすくみました。

「リーズ…!?　なぜ、ここに？」

リーズは、息《いき》をはずませて、レミの前《まえ》に立《た》ちました。レミはもう一度《いちど》あたりを見《み》わたし、

「今《いま》の声《こえ》は、だれ？」

とききました。すると、リーズの口《くち》から、あえぐ*ような声《こえ》がもれでたのです。

「あ、た、し。」

＊あえぐ…息《いき》を切《き》らす。速《はや》い調子《ちょうし》で息《いき》をする。

リーズが口《くち》をきいた！　レミは思《おも》わずリーズを高々《たかだか》とだきあげました。

「話《はな》せるようになったの!?　いつから？」

「い、ま。」

リーズはまだうまく口《くち》が回《まわ》らないようでした。レミの歌声《うたごえ》を聞《き》い

たしゅん間《かん》、リーズの中《なか》で、はげしい感情《かんじょう》がわきあがり、声《こえ》が出《で》るようになったのです。

　レミとリーズが手《て》を取《と》りあってよろこんでいたとき、同《おな》じ家《いえ》から女《おんな》の人《ひと》が出《で》てきました。ミリガン夫人《ふじん》です！

　なんというぐうぜんでしょう。リーズをあずかっていた親《しん》せきが事故《じこ》でなくなって、リーズがとほうにくれていたとき、白鳥号《はくちょうごう》で通《とお》りかかったミリガン夫人《ふじん》が、気《き》のどくに思《おも》って引《ひ》きとったのでした。

　マチアとともに、家《いえ》の中《なか》にまねきいれられたレミは、リーズやアーサーとの再会《さいかい》をよろこぶ間《ま》もなく、ジェームズ・ミリガンの悪《わる》だくみをすべて話《はな》して聞《き》かせました。注意深《ちゅういぶか》くその話《はなし》を聞《き》いたミリガン夫人《ふじん》は、ひとまずレミたちを近《ちか》くのホテルにとまらせました。

数日後《すうじつご》、ふたたびミリガン家《け》の別荘《べっそう》によばれたレミとマチアは、そこに、思《おも》ってもみない人《ひと》のすがたを見《み》ることになりました。

シャバノンの母《かあ》さんです！

レミは走《はし》りよって、母《かあ》さんにだきつきました。

「母《かあ》さん！　会《あ》えてうれしいよ。もうぜったいにはなれない！　でも、いったい、どうして、ここにいるの？」

母《かあ》さんは、レミが生《う》まれたときの産着《うぶぎ》を持《も》っていました。そして、その上等《じょうとう》な産着《うぶぎ》が、すべてを物語《ものがた》っていました。ミリガン夫人《ふじん》が、そっと近《ちか》づいてきて、いいました。

「レミ、あなたはわたしの、さらわれたむすこなの。この産着《うぶぎ》が何《なに》よりのしょうこ。」

母《かあ》さんは、レミをそっとミリガン夫人《ふじん》のほうにおしやりました。

ミリガン夫人《ふじん》、いえ、レミのほんとうのお母《かあ》さんは、レミをしっかりとだきしめ、なきながら、何度《なんど》も何度《なんど》もキスをしました。

「すべてはジェームズの計画《けいかく》だったのです。兄《あに》であり、わたしの夫《おっと》であるミリガンが亡《な》くなりそうだとわかると、ジェームズは、自《じ》分《ぶん》が財産《ざいさん》をつぎたいがために、あとつぎのむすこであるあなたをゆうかいし、フランスの町角《まちかど》においてこさせたのです。ああ、白鳥号《はくちょうごう》にいてくれたとき、一言《ひとこと》でも『シャバノンのバルブランは、ほんとうの親《おや》ではない』といってくれていたら！　わたしは、あのときから、あなたが自分《じぶん》のむすこのような気《き》がしてならなかったのですから。そうしたら、すぐにでもバルブラン家《け》に

使《つか》いをやって、わたしが着《き》せたあなたの産着《うぶぎ》を見《み》つけたでしょうに。」

レミは、親《おや》のない子《こ》であることをはずかしいと思《おも》っていた自分《じぶん》こそが、いちばんはずべき人間《にんげん》であったのだと思《おも》い、思《おも》わず下《した》を向《む》きました。けれども、そんなレミをミリガン夫人《ふじん》は、もう一度《いちど》、しっかりとだきしめました。

「ああ、でも、こうしてわたしの元《もと》に帰《かえ》ってきてくれた。神《かみ》よ、感《かん》謝《しゃ》します！」

「ほんとうに、ほんとうに、ぼくは、あなたの子《こ》どもなんですか。じゃあ、あの、ロンドンのドリスコルは……。」

「もちろん、あなたの親《おや》などではありませんよ。ジェームズは、バルブランがあなたのほんとうの親《おや》をさがしていると知《し》って、＊先手《せんて》を打《う》とうとしたのです。あのどろぼう一家《いっか》を、あなたの親《おや》だということにして、引《ひ》きとらせてしまおう、と。あとつぎであるあなたを、今度《こんど》は永久《えいきゅう》に、ミリガン家《け》にもどさないようにしようとしたのね。でも、何《なに》もかもドリスコルが話《はな》しましたよ。ドリスコルとジェームズが、殺《ころ》そうかと相談《そうだん》していた子《こ》どもも、アーサーではなく、あなただったのです。」

ミリガン夫人《ふじん》の胸《むね》にだかれ、レミは、

＊先手《せんて》…物事《ものごと》を人《ひと》より先《さき》に行《おこな》い、よい立場《たちば》に立《た》つこと。

ほとんどゆめを見《み》ているような気持《きも》ちでした。

今度《こんど》こそ、レミは、ほんとうの幸《しあわ》せをつかむことができました。そして、ミリガン夫人《ふじん》にたのんで、今《いま》までお世話《せわ》になった人《ひと》すべてに、おん返《がえ》しをしました。

アキャン父《とう》さんは、刑務所《けいむしょ》から出《だ》してもらい、四人《にん》の子《こ》どもたちとまた、花作《はなづく》りをできるようにしてもらいました。

天国《てんごく》のヴィタリスのためには、パリのモンパルナス墓地《ぼち》に、カルロ・パルツィーニと書《か》かれた美《うつく》しい墓《はか》をつくってもらいました。

マチアは、音楽《おんがく》を勉強《べんきょう》しなおして、世界《せかい》で活《かつ》やくする演奏家《えんそうか》になりました。病弱《びょうじゃく》だったアーサーは、いつの間《ま》にか、たくましいわか

者《もの》に成長《せいちょう》し、マチアの妹《いもうと》のクリスチナと結婚《けっこん》しようとしています。

大人《おとな》になったレミは、ミリガン家《け》をついで、*先祖《せんぞ》代々《だいだい》からつたわるミリガン城《じょう》に住《す》んでいます。おくさんの名前《なまえ》はリーズ。生《う》まれたばかりのむすこは、親友《しんゆう》の名前《なまえ》をとって、マチアと名《な》づけました。

そして、レミは、かけがえのない二人《ふたり》のお母《かあ》さんとも、いっしょにくらしています。育《そだ》ての親《おや》のシャバノンの母《かあ》さん、そして、ほんとうの母《はは》のミリガン夫人《ふじん》。

レミは、もう二度《にど》と、この二人《ふたり》とははなれることはないでしょう。

（おわり）

*先祖《せんぞ》…今《いま》の家族《かぞく》より前《まえ》の代《だい》の人々《ひとびと》。

物語《ものがたり》と原作者《げんさくしゃ》について

長《なが》い旅《たび》をつづけながらも くじけず、たくましく成長《せいちょう》するレミ

編訳《へんやく》・小松原宏子《こまつばらひろこ》

『家《いえ》なき子《こ》』は、今《いま》から百三十年《ねん》以上《いじょう》も前《まえ》にフランスで書《か》かれた物語《ものがたり》です。作者《さくしゃ》のエクトール・アンリ・マロは、七十七年《ねん》の生《しょう》がいで五十作《さく》以上《いじょう》の大人《おとな》の小説《しょうせつ》を書《か》きました。けれども、今《いま》、マロの作品《さくひん》の中《なか》でもっとも読《よ》まれているのは、自分《じぶん》のおさないむすめのために書《か》いた、この『家《いえ》なき子《こ》』です。

主人公《しゅじんこう》レミは、わずか八歳《さい》のとき、とつぜん自分《じぶん》が拾《ひろ》われた子《こ》どもであることを知《し》らされます。そして、最愛《さいあい》の母《はは》と引《ひ》きはなされ、旅芸人《たびげいにん》のくらしに投《な》げこまれてしまいます。

そこからの変化《へんか》の激《はげ》しい数年間《すうねんかん》は、まるで不幸《ふこう》のれんぞくであるかのようです。けれども、レミはほんとうにかわいそうな子《こ》だったのでしょうか。

レミはたしかに、たくさんの苦労《くろう》をしますが、その中《なか》で多《おお》くの人《ひと》と出会《であ》い、成長《せいちょう》していきます。何《なに》よりも、この数年《すうねん》がなかったら、自分《じぶん》の力《ちから》でこつこつお金《かね》をためて、育《そだ》ての母《かあ》さんに、牛《うし》を買《か》ってあげることはできなかったでしょう。

「この先《さき》あなたがどんなにお金《かね》をかけてくれたって、お金《かね》のないときにしてくれたことにまさるものはないわ」といった、シャバノンの母《かあ》さんの言葉《ことば》は、読《よ》む者《もの》の胸《むね》を打《う》ちます。

はじめ、この作品《さくひん》は、編集者《へんしゅうしゃ》に気《き》に入《い》られず、なかなか出版《しゅっぱん》されませんでした。また、このころ、フランスは、大《おお》きな戦争《せんそう》や政《せい》治《じ》の変化《へんか》などが起《お》こり、国全体《くにぜんたい》が安定《あんてい》していませんでした。マロ自身《じしん》もまきこまれ、せっかく書《か》きあげた『家《いえ》なき子《こ》』の原稿《げんこう》の、ほとんどをうしなってしまうという、不幸《ふこう》な出来事《できごと》にもあいました。そしてマロは、

作者《さくしゃ》のエクトール・H・マロ
PPS通信社

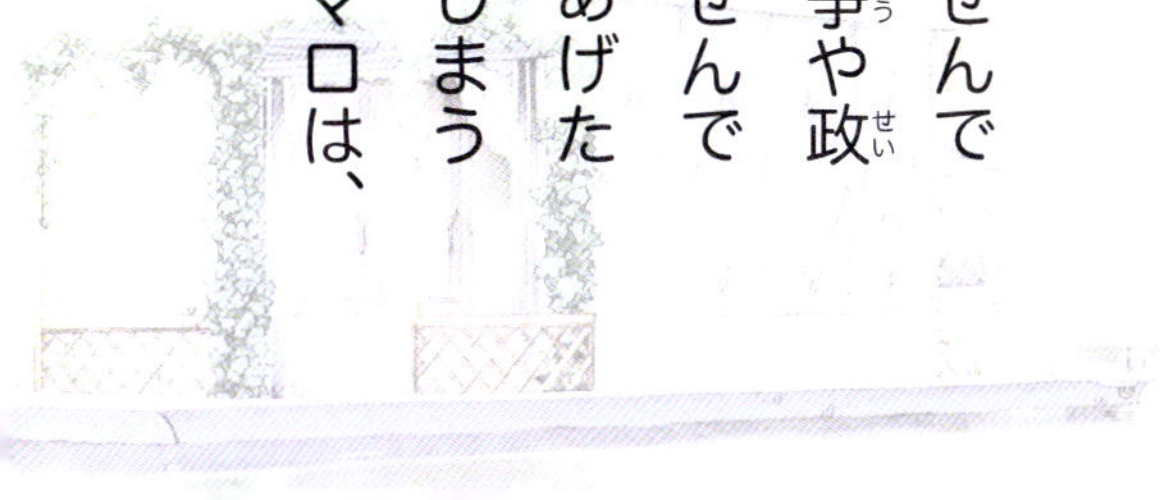

自信《じしん》や希望《きぼう》をなくしたことがありましたが、主人公《しゅじんこう》レミのように、そこから何度《なんど》でも立《た》ちあがります。そして、また一から書《か》きなおして、ついにこの長《ちょう》編物語《へんものがたり》を完成《かんせい》させたのです。

レミはまずしさの中《なか》で多《おお》くのものを学《まな》びます。そして、どんなに悲《かな》しいことが起《お》こっても、決《けっ》して絶望《ぜつぼう》せず、前《まえ》を向《む》いて歩《ある》きつづけます。そのすがたは、この物語《ものがたり》を読《よ》むすべての人《ひと》に勇気《ゆうき》をあたえてくれることでしょう。

原作《げんさく》の『家《いえ》なき子《こ》』には、もっともっとたくさんの出来事《できごと》が書《か》かれています。いつかぜひ、完訳版《かんやくばん》も読《よ》んでみてください。そして、レミといっしょに旅《たび》をしながら、もっともっとたくさんの元気《げんき》と、生《い》きる力《ちから》を、体《からだ》いっぱいに受《う》けとってください。

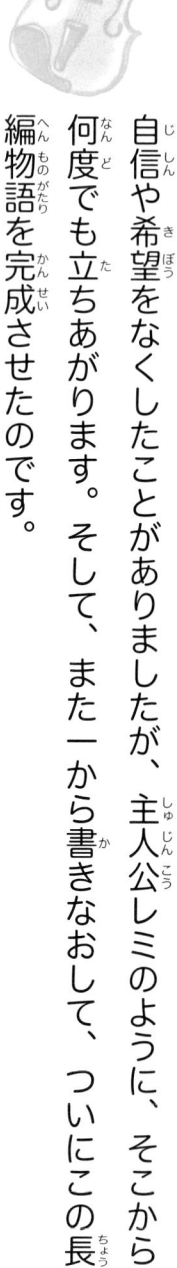

なぜ、今、世界名作？

監修／千葉経済大学短期大学部こども学科教授　横山洋子

★世界中の人が「太鼓判」！

なぜ名作といわれる作品は、時代を越えて読み継がれるのでしょうか。古いなあと感じることなく、人の心を打つのでしょうか。それは、名作といわれる物語には、人が生きることの本質を射抜く何かがあるからでしょう。生きるとは、楽しいことばかりではありません。苦難に遭い、歯を食いしばって耐えなければならないことも当然あります。これらの作品は、私たちに生きる勇気を与えてくれます。「人生をもっと楽しめ」、「強く生きよ」、と励ましてくれるのです。

読んだ人が「おもしろい」と言ったことが口コミで広がり、「そうかな？」と思って読んだ人が「やっぱり読む価値がある」と思った作品。つまり名作には、世界中のたくさんの人々が、「お勧め！」「太鼓判！」と感じた実績があるということ。いわば、世界の人々の共有財産なのです。

★グローバルな価値観を学び取る

また、世界各国の作家による作品にふれるうちに、その国の事情を知り、歴史を知り、文化、生活についても知ることができます。何を大切にして生きているのか、というグローバルな新たな価値観も学び取ることができるのです。広い視野をもち、多様な感じ方、考え方をふまえた上で、自分はどう思うのか、どう生きていくのかを子ども自身が思索できるようになるでしょう。

★人生に必要な「生きる力」がある

十歳までの固定観念にとらわれない柔軟な時期にこそ、世界の人々がこぞって読んでいる作品にざっくりとふれ、心を動かし、豊かな感性で「こんな話もあるんだ」とインプットしてほしい、そして、中高生になったらもう一度、次は完訳の形で読み、さらに作品の深い部分をじっくり味わってほしい、と思います。名作を読んで登場人物と同化し、一緒に感じたり考えたりすることできる疑似体験は、豊かな感情表現や言語表現、想像性の育ちにもつながるでしょう。

名作の扉を一冊ひらくごとに、きっと、人生に必要な「生きる力」が自然に育まれるはずです。

編訳 **小松原宏子**（こまつばら　ひろこ）

東京生まれ。青山学院大学文学部英米文学科卒業。児童文学作家。大妻中学高等学校英語科講師。著書に『いい夢ひとつおあずかり』『いい夢ひとつみぃつけた』『わかば学園シリーズ』（以上くもん出版）、訳書に『10歳までに読みたい世界名作5巻 若草物語』『10歳までに読みたい世界名作15巻　あしながおじさん』（ともに学研）などがある。東京都練馬区の自宅にて家庭文庫「ロールパン文庫」主宰。

絵 **木野陽**（きの　ひなた）

マンガ家／イラストレーター。『飛ぶ東京 homecoming <完全版>』（自主制作）が第17回メディア芸術祭マンガ部門・審査委員会推薦作品に選出。主な著作は『マンガジュニア名作シリーズ　銀河鉄道の夜』（学研）など。

監修 **横山洋子**（よこやま　ようこ）

千葉経済大学短期大学部こども学科教授。幼稚園、小学校教諭を17年間経験したのち現職。著書に『子どもの心にとどく指導法ハンドブック』（ナツメ社）、『名作よんでよんで』シリーズ（お話の解説・学研）、『10分で読める友だちのお話』『10分で読めるどうぶつ物語』（選者・学研）などがある。

写真提供／学研・資料課

10歳までに読みたい世界名作21巻

家なき子

2016年 2 月23日　第 1 刷発行
2020年 7 月24日　第 5 刷発行

監修／横山洋子
原作／エクトール・アンリ・マロ
編訳／小松原宏子
絵／木野　陽
装幀・デザイン／周 玉慧

発行人／松村広行
編集人／小方桂子
企画編集／山潟るり　髙橋美佐　松山明代
編集協力／入澤宣幸　勝家順子　上埜真紀子
ＤＴＰ／株式会社アド・クレール
発行所／株式会社学研プラス
〒141-8415 東京都品川区西五反田2-11-8
印刷所／株式会社廣済堂

この本は環境負荷の少ない下記の方法で制作しました。
●製版フィルムを使用しないCTP方式で印刷しました。
●一部ベジタブルインキを使用しました。
●環境に配慮して作られた紙を使用しています。

この本に関する各種お問い合わせ先
●本の内容については、下記サイトのお問い合わせフォームよりお願いします。
https://gakken-plus.co.jp/contact/
●在庫については　Tel 03-6431-1197（販売部）
●不良品（落丁、乱丁）については　Tel 0570-000577
学研業務センター　〒354-0045　埼玉県入間郡三芳町上富279-1
●上記以外のお問い合わせは　Tel 0570-056-710（学研グループ総合案内）

【お客様の個人情報取り扱いについて】
アンケートハガキにご記入いただいた個人情報は、商品・サービスのご案内、企画開発などのために使用させていただく場合、また、ご案内の業務を発送業者へ委託する場合があります。お預かりした個人情報に関するお問い合わせは、お問い合わせフォーム https://gakken-plus.co.jp/contact/ または、学研グループ総合案内 0570-056-710 まで、お願いいたします。当社の個人情報保護については、当社ホームページ https://gakken-plus.co.jp/privacypolicy/ をご覧ください。

NDC900　154P　21cm

学研グループの書籍・雑誌についての新刊情報・詳細情報は、下記をご覧ください。
学研出版サイト　https://hon.gakken.jp/

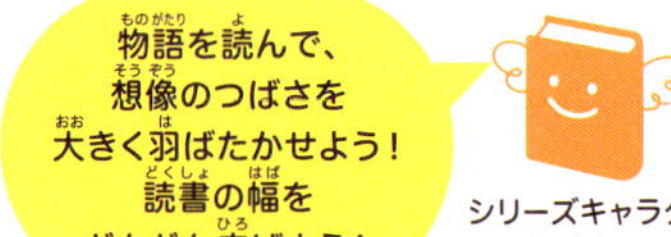

シリーズキャラクター
「名作《めいさく》くん」

また、あおう!